Die Hexenkönigin

ECON Unterhaltung

Die Nibelungen:
Kai Meyer, **Der Rabengott** (TB 27410)
Alexander Nix, **Das Drachenlied** (TB 27411)
Jana Held, **Die Flammenfrau** (TB 27412)
Bernhard Hennen, **Das Nachtvolk** (TB 27413)
Jörg Kastner, **Das Runenschwert** (TB 27414)
Alexander Nix, **Die Hexenkönigin** (TB 27415)

Kriemhild gilt im Nibelungenlied als die schöne, unberechenbare Gemahlin Siegfrieds. Sie ist es, die den Streit mit Brunhilde vom Zaun bricht, und ihr bleibt es vorbehalten, den Tod Siegfrieds zu rächen. Alexander Nix erzählt in diesem Band eine gänzlich andere Geschichte von der jungen Prinzessin. Sie ist nicht das zurückhaltende, edle Fräulein, sondern eine höchst tatkräftige Dame, die nichts anderes will, als ihr Land zu retten. Klar, daß sie als Heldin in größte Abenteuer gerät, aber sie hat einen Mann auf ihren Fersen, der ihr treuester Freund und Widersacher zugleich ist: Hagen von Tronje.

Alexander Nix ist das Pseudonym eines bekannten deutschen Fantasy-Autors.

Alexander Nix

Die Hexenkönigin

Roman

Der Romanzyklus »Die Nibelungen« entstand
nach einer Idee von Kai Meyer.

Konzeption: Kai Meyer/Reinhard Rohn

ECON Taschenbuch Verlag

Veröffentlicht im ECON Taschenbuch Verlag
Der ECON Taschenbuch Verlag
ist ein Unternehmen der
ECON & List Verlagsgesellschaft
Originalausgabe
© Alexander Nix
© der deutschen Ausgabe 1997
by ECON Verlag GmbH,
Düsseldorf und München
Umschlaggestaltung: Init GmbH, Bielefeld
Titelabbildung: Agentur Schlück
Lektorat: Reinhard Rohn
Gesetzt aus der Goudy, Linotype
Satz: Josefine Urban – KompetenzCenter, Düsseldorf
Druck und Bindearbeiten: Ebner Ulm
Printed in Germany
ISBN 3-612-27415-5

Kapitel 1

Auf dem Höhepunkt der Geburtstagsfeier begab es sich, daß sich Graubart der Zauberer mitsamt seinem Feuerwerk in die Luft sprengte, und alle waren ganz hingerissen von diesem Schauspiel.

Die Zuschauer spendeten begeisterten Beifall. Noch ahnte keiner, daß dies keine von Graubarts beliebten Gaukeleien war. Doch auch später, als die schlimme Kunde vom unrühmlichen Heimgang des

Zauberers die Runde gemacht hatte, wollte niemand so recht um ihn trauern. Sicher, da war der eine oder andere, der meinte, man würde ihn wohl bei künftigen Festlichkeiten vermissen. Die meisten aber waren immer noch viel zu beeindruckt von den bunten Feuerrädern, Glutwolken und Springflammen, mit denen der Zauberer den Geburtstag des Königs versüßt hatte, als daß sie ernsthaft die Folgen hätten abwägen können.

Eine dieser Folgen war, daß Kriemhild, des Königs schöne Schwester, sich aufmachte, ihre Unschuld zu verlieren.

Um der Vollständigkeit genüge zu tun: Graubarts Tod hatte mehr als nur eine Folge, und nicht wenige waren sonderbar, ja geradezu grotesk (tatsächlich entfachten sie abermals den Streit um des seligen Zauberers magische Macht). Doch nichts von all dem, was das mißglückte Feuerwerk an jenem Tag heraufbeschwor, war so wundersam wie Kriemhilds Reise durch das Pestland, ihre unglückliche Begegnung mit den Göttern und das vermeintliche Opfer ihrer königlichen Jungfräulichkeit.

So geschah es also, daß sich Graubarts Asche mit dem Sand des Burghofs mischte, und selbst Jahre später behauptete noch mancher, in lauen Vollmondnächten merkwürdige Verwehungen im Sand entdeckt zu haben, sternförmige Anhäufungen, farbige Muster und sprühende Quellen, aus denen kein

Wasser, sondern Staub hervorschoß, als wollte der Sand des Burghofs das letzte Feuerwerk des Toten nachahmen.

Die Geburtstagsfeier des Königs fand ihr Ende erst am späten Abend, nach dem großen Bankett im Thronsaal, und die Anwesenden taten ihr Bestes, sich vom Elend, das der Stadt von Osten entgegenrückte, abzulenken. Denn dies war der wichtigste der Gründe, die Gunther bewogen hatten, zur Feier seines Jubeltages ganz Worms zu laden, vom niedersten Bettler bis zum tapfersten Kämpen: Er wollte die Menschen vergessen machen, was östlich der Stadttore näherrückte – die Plage, die Pest, der Schwarze Tod.

Und während im Thronsaal der Adel seinen Vergnügungen nachging und auf dem Burghof die Bürger ihren eigenen frönten (wobei es zwischen beiden keine nennenswerten Unterschiede gab, abgesehen vom Münzwert des Gesöffs), saß Kriemhild, sechzehn Lenze jung, in ihrer Kammer und dachte nach. Dachte nach, wie sie noch heute nacht aus der Königsburg entfliehen und den Weg nach Osten einschlagen könnte. Dachte nach, wie es sein würde, auf eigene Faust ein ganzes Volk zu retten.

Sie hatte sich früh vom Bankett zurückgezogen, unter dem Vorwand, die Festlichkeiten hätten sie ermüdet. Jetzt aber legte sie ihr langes Kleid ab, schlüpfte statt dessen in die ledernen Hosen, die sie bei langen Ausritten zu tragen pflegte, zog sich ein dunkles Hemd mit weiten Ärmeln über und packte ihre hohen Reitstiefel in ein Bündel aus Tuch. Anschließend legte sie erneut ihr Kleid an, in der Hoffnung, es würde das, was sie darunter trug, leidlich gut verhüllen. Einen Moment lang erwog sie, auch den goldenen Zierdolch, ihre einzige Waffe, einzustecken, entschied sich dann aber dagegen; es würde sich ein besseres Werkzeug zu ihrer Verteidigung finden.

Mit wehendem Kleid und dem Bündel unterm Arm, das ihre Stiefel verbarg, verließ sie ihre Gemächer. Den beiden Männern, die draußen Wache standen, sagte sie, sie habe es sich anders überlegt und wolle noch einmal hinab zu den Feiernden gehen.

Hinter der nächsten Ecke wurde sie schneller, eilte mit klappernden Schritten durch die menschenleeren Flure der Burg. Fackeln spendeten Licht in Schwefeltönen, gelb und ungesund. Durch die Mauern drang der Lärm vom Hof: die Musik der Spielleute, das Lallen der Betrunkenen, das Klirren leerer Krüge auf den langen Holztafeln. Allzu vergnügt klangen Lachen und Gesang in Kriemhilds Ohren, als wollten die Menschen die drohende Seuche allein durch ihren Frohsinn bezwingen.

Noch hatte es in Worms keine Opfer gegeben, noch trug niemand die tückischen Male der Plage.

Dennoch, die Nachrichten aus dem Osten, überbracht von Brieftauben, die gleich nach der Ankunft verbrannt wurden, machten deutlich, daß es kein Entrinnen gab. Die Pest breitete sich mit der Geschwindigkeit eines Laubfeuers aus; schwelend, fast unbemerkt, kreiste sie ihre Opfer ein, um dann, von einem Augenblick zum nächsten, hochlodernd über sie herzufallen.

Kriemhild betrat den Gang, an den die Gemächer ihrer Brüder Gernot und Giselher grenzten. Beide feierten unten im Thronsaal, Seite an Seite mit Gunther, dem ältesten der Geschwister und König aller Burgunden.

Vor Gernots Tür standen zwei Wachen und tranken Wein aus einem großen Krug. Als sie Kriemhild bemerkten, vertrieb die Scham den Glanz der Trunkenheit aus ihren Augen. Der Krug verschwand hinter dem Rücken des einen, beide strafften sich, bemühten sich schwankend um Haltung. Als sie Kriemhild grüßten, war nicht zu überhören, daß sie dem Wein schon geraume Zeit zugeprochen hatten.

»Mein Bruder schickt mich«, sagte Kriemhild und setzte ihr lieblichstes Lächeln auf. »Er hat mich gebeten, ein Schwert aus seinen Gemächern zu holen.«

»Ein Schwert?« Benebeltes Erstaunen erschien auf den Gesichtern der Männer.

»Er und der König wollen sich einen Schaukampf liefern, und Gernot wünscht dafür seine Waffe.«

»Aber, Prinzessin«, meinte der linke Wächter vorsichtig und wischte sich nervös über die rote Nase, »Ihr wißt doch, daß wir Order haben, niemandem Eintritt zu gewähren, solange Euer Bruder nicht den Befehl dazu gibt.«

Zorn blitzte in Kriemhilds Augen. »Ist es denn nicht sein Befehl, den ich Euch überbringe, Dummkopf?«

Die beiden Männer, verdiente Krieger in so mancher Schlacht, zuckten unter der Schelte des Mädchens zusammen. Kriemhild war hochangesehen bei allen in Worms, und kaum einen Mann gab es, der sie nicht im Traum bereits gefreit, sie gar für sich gewonnen hatte. Von ihr zurechtgewiesen zu werden war schmählicher als eine Schelte vom König persönlich; zumal der Wein die Sinne der beiden Wächter berauschte und ihnen die Maid um so herrlicher erschien.

Bald schon erlahmte ihr Widerspruch, und Kriemhild wurde eingelassen. Sie bat um eine Fakkel, bevor sie den Wächtern die Tür vor der Nase zuwarf. Der Schein des Feuers zuckte über die Einrichtung des Schlafgemachs, erhellte prachtvolle Wandteppiche, Kerzenleuchter und zahlreiche Truhen. In einer davon verwahrte Gernot seine Waffen, wie Kriemhild wußte.

Als sie wenig später wieder hinaus auf den Gang trat, trug sie das schmucklose Schwert ihres Bruders offen in beiden Händen, tat gar, als ziehe sie die Last der Waffe leicht vornüber. Einer der Wächter erbot sich, an ihrer Statt hinab in den Thronsaal zu gehen, doch Kriemhild lehnte ab und drückte ihm die Fackel in die Hand. Keiner der beiden bemerkte, daß das Bündel unter ihrem Arm an Gewicht gewonnen hatte; zwischen den Stiefeln steckten jetzt zwei von Gernots schärfsten Dolchen.

Ein Besuch in Giselhers Kammer erübrigte sich. Kriemhild hatte jetzt alles, was sie benötigte. Durch lange Korridore eilte sie zu einer hohen Doppeltür, die den Wohntrakt der Burg mit dem Wormser Münster verband. Die mächtige Kathedrale bildete den Südflügel des hufeisenförmigen Burgkerns; in der Mitte lag der dreigeschossige Wohntrakt, im Norden Thronsaal und Burgkapelle. Um ungesehen über den Hof zu einer der Stallungen zu gelangen, mußte Kriemhild einen Weg wählen, der nicht durch die Menge der Feiernden führte.

Im Inneren der Kathedrale roch es nach kaltem Weihrauch, nach Holz und uraltem Stein. Niemand hielt sich hier auf, die Priester feierten mit dem Adel im Thronsaal. Es war stockdunkel, bis auf einen schwachen Abglanz der Hoffeuer, der durch die hohen Fenster hereinfiel. Kriemhild packte ihr Bündel fester und blickte stur geradeaus. Den tiefschwarzen Schatten in Winkeln und Nischen schenkte sie keine Beachtung.

Sie atmete erleichtert auf, als sie das Südportal erreichte und hinaus auf den Johannes-Friedhof huschte. Ein schmaler Weg führte zwischen den Gräbern zum Burgwall, einem kreisrunden Ring aus Häusern, Türmen und Stallungen, der nur vom Haupttor im Osten und dem kleineren Bürgertor im Süden durchbrochen wurde. Obgleich sich überall auf dem Burggelände feiernde Menschen herumtrieben, lag doch der Friedhof still und verlassen da. Lediglich an seinem Rand saßen ein paar Betrunkene am Boden und schmetterten ein Lied, das Kriemhild die Schamröte ins Gesicht trieb. Niemand beachtete sie, als sie zu einem der Ställe eilte, in dem Lavendel, ihr Lieblingspferd, untergebracht war. Die prachtvolle Schimmelstute schnaubte aufgeregt, als Kriemhild aus den Schatten trat, ihr Bündel ins Stroh warf und das Kleid ablegte. Die enganliegende Reithose knirschte leise, als Kriemhild prüfend in die Knie ging, um das selten getragene Leder zu dehnen. Dann streifte sie ihre Schuhe ab und schlüpfte in die Stiefel. Ihr langes blondes Haar faßte sie straff mit einem Band zu einem Pferdeschwanz zusammen, den sie am Hinterkopf zu einem Knoten feststeckte. Zuletzt schob sie die beiden Dolche in die Stiefel, eine Klinge in jeden Schaft, sattelte Lavendel und befestigte Gernots Schwert am Sattelknauf.

Augenblicke später trug der Schimmel sie zum Stall hinaus. Die letzte Hürde waren die Wachen am Bürgertor. In dieser Nacht aber, da ganz Worm die Erlaubnis hatte, im Burghof den Geburtstag des Königs zu feiern, waren die Kontrollen vereinzelt und oberflächlich. Kriemhild hatte sich eine Decke aus dem Stall um die Schultern geworfen und die Ränder so weit über Lavendels Rücken gezogen, daß sie auch das Schwert bedeckten. Sie senkte den Kopf und tat schläfrig, als forderten Wein und Bier ihren Tribut. Sie wagte nicht aufzublicken, als sie die Wachen passierte, und so sah sie nicht, ob man ihr überhaupt Aufmerksamkeit schenkte. Ohne Zwischenfälle verließ sie die Burg und schaute erst wieder auf, als die hohe, zinnengekrönte Ummauerung hinter ihr zurückblieb.

Die Stadt lag südlich der Burg und bildete am Westufer des Rheins ein dichtes Knäuel aus verschlungenen Gassen, spitzgiebeligen Fachwerkbauten und kleinen, verwunschenen Plätzen. Auch hier wurde gefeiert, und mehr als einmal erntete das junge Mädchen auf seinem weißen Roß unflätige Zurufe betrunkener Kerle. Kriemhild war mehr als erleichtert, als sie die Stadtgrenze unbeschadet hinter sich ließ und zum Ufer des Rheins hinabritt. Der alte Fährmann, der sie schon ungezählte Male zur anderen Seite gebracht hatte, war auch in dieser Nacht auf seinem Posten.

»Wenn das nicht –«, entfuhr es ihm verblüfft, doch Kriemhild schnitt ihm mit einem Wink das Wort ab.

»Schweig«, verlangte sie und setzte freundlicher hinzu: »Ich bitte dich, schweig still. Und stell mir keine Fragen. Bring mich hinüber zum Ostufer.«

»Aber, Prinzessin«, flehte der Alte, »das kann nicht Euer Ernst sein. Niemand will in diesen Tagen dort hinüber. Im Osten wütet die Pest.«

Sie gab keine Antwort und lenkte Lavendel auf die Fähre. Die Hufe der Stute hämmerten lautstark über das Holz.

Der alte Fährmann öffnete den Mund, um weiter auf sie einzuwirken, dann aber bemerkte er den entschlossenen Ausdruck auf Kriemhilds Gesicht. Er war weise genug, um zu wissen, daß junge Mädchen ihres Alters auf ihren eigenen Willen beharrten, und er erkannte auch, daß jeder Widerspruch ihren Entschluß nur gefestigt hätte.

»Ich sah ein herrliches Feuerwerk am Himmel«, sagte er statt dessen, während er die Fähre vom Ufer löste. Das breite Floß bot Platz für zehn Pferde und war an zwei Seilen verankert, die quer über den Strom führten. Mit Hilfe einer mächtigen Kurbel, die ihrerseits eine komplizierte Mechanik aus hölzernen Zahnrädern antrieb, brachte der Alte die Fähre in Bewegung. Unter seinem Wams schwollen Muskeln, die manchen Jüngling mit Neid erfüllt hätten. Schon glitt die Fähre hinaus auf den Rhein. Das Wasser spülte schwarz und eisig um den hölzernen Rumpf, als verlangten die Flußgeister Einlaß.

Als Kriemhild schweigend zum anderen Ufer starrte, sagte der Alte noch einmal: »Ich sah ein Feuerwerk, das schönste, das mir je vor die Augen gekommen ist. Graubart ist ein Meister seines Fachs.«

»War«, verbesserte Kriemhild düster.

»Wie meint Ihr das?«

»Graubart ist tot. Die schönste Flamme, die du gesehen hast, die hellste Sonne, der gleißendste Stern – das war Graubart Ungestüm, Graubart Himmelsglut, Graubart der Narr.«

»Ihr redet schlecht von einem Toten.«

Sie schüttelte den Kopf, als gelte es, ein Schreckgespenst aus ihrem Schädel zu vertreiben. Zum ersten Mal sah sie den Fährmann an und lächelte. »Verzeih mir, mein Freund. Das wollte ich nicht. Es ist nur...« Und sie verstummte erneut.

»Sprecht, wenn Ihr mögt, Prinzessin. Von mir erfährt niemand ein Wort, und hier draußen auf dem Fluß ist keiner sonst, der Euch hören könnte.« Sie sah ihm an, daß er es ehrlich meinte.

»Es ist nur«, begann sie noch einmal, »daß ich Angst habe.« Plötzlich kicherte sie, aber es klang gereizt, nicht fröhlich. »Ich könnte nicht vom Pferd steigen, selbst wenn ich wollte. Meine Beine würden mich kaum tragen, so zittern sie.«

Der Fährmann verharrte und hielt die Kurbel fest. Die Strömung wollte das Floß nach Norden zerren; die Wellen brausten und tobten vor Wut. »Wenn es die Pest ist, die Euch ängstigt, warum wollt Ihr dann –«

»Weil ich es muß, verstehst du?« Sternenlicht brach sich in ihren Augen, und der Fährmann fragte sich betrübt, ob es Tränen waren, die da blitzten. »Ich muß es tun.«

Und fortan sprach Kriemhild kein Wort mehr. Nicht, während die Fähre weiterglitt zur anderen Seite; nicht, als der Rumpf über Uferkies knirschte.

Traurig blickte der Fährmann ihr nach, als sie die Rampe emporritt, ihrem Roß die Stiefel in die Flanken hieb und eilig davongaloppierte, dem Heerweg nach Osten, den Wäldern, der Plage entgegen.

»Prinzessin!« rief er ihr nach, als sie nur noch ein vager Fleck in der Finsternis war. »Ich wünsche Euch –«

Aber da war sie schon fort, und der Fluß übertönte den Ruf mit Strudeln und Wispern, mit dem glucksenden Lachen der Strömung.

Sie folgte der Heerstraße nach Osten, tiefer ins Dikkicht des Odenwaldes. Die Pest hatte selbst Räuber und Wegelagerer vertrieben. Niemand begegnete ihr in dieser Nacht, keiner hielt sie auf. Kriemhild war nicht wohl dabei, die bucklige, gepflasterte Straße zu benutzen, aber sie wußte auch, daß dies ihre einzige Möglichkeit war, ans Ziel zu gelangen. Sie kannte sich in dieser Gegend nicht aus, weniger noch, je tiefer sie in die Wälder ritt. Die Straße würde irgendwann in Würzburg enden, doch die Stadt wollte Kriemhild umgehen; dort sollte die Pest besonders übel wüten. Zudem galt: Um so weniger Menschen ihrer angesichtig wurden, desto besser für sie.

Sie überließ den Rhythmus der Reise gänzlich ihrem Roß. Der Schimmel sollte verschnaufen, wenn ihm danach war. Lavendel war eines der besten Tiere im königlichen Stall, Erschöpfung und Hunger waren ihm fremd, und so ritten sie die Nacht hindurch und auch den ganzen Tag. Erst als die Dämmerung hereinbrach, wurde der Trab des Pferdes langsamer. Kriemhild ließ das brave Tier an einem Waldsee trinken und vom Gras am Wegesrand fressen, so lange es nur mochte. Dann legte sie sich abseits der Straße, hinter einem schützenden Kiefernhain, zur Ruhe.

Ehe sie einschlief, dachte Kriemhild, daß es seltsam war, wie prächtig sich doch die sommerliche Landschaft rund um sie erstreckte, der tiefe, kühle Odenwald auf seinen sanften Bergrücken und in düsteren, einsamen Tälern. Von den Boten der Plage, die das Land heimsuchte, war nirgends etwas zu entdecken. Sie hatte Schwärme schwarzer Krähen erwartet, Rattenrudel überall, auch wildes Getier, das sich an Toten labte, doch da war nichts dergleichen. Selbst von Leichen keine Spur. Das machte ihr ein wenig Hoffnung, und als der Schlaf sie endlich übermannte, hatte sie zum ersten Mal seit ihrer Abreise ein wenig von der nagenden Angst verloren.

Der Morgen kam schnell und mit Sonnenschein, der die Wipfel der Wälder mit Gold übertünchte. Nach einem Frühstück aus Beeren wischte Kriemhild den Tau von Lavendels Fell und machte sich erneut auf den Weg. Der zweite Tag ihrer Reise hatte begonnen, sie fühlte sich ausgeruht und frisch.

Bis zum Mittag hatte sie bereits ein gutes Stück zurückgelegt, und Kriemhilds Laune besserte sich mit jeder Hügelkuppe, die hinter ihr zurückblieb. Sie dachte an Worms und an den Aufruhr, den ihr Verschwinden erregt haben würde. Sie hatte einen kurzen Brief auf dem Schreibpult am Kammerfenster zurückgelassen, in dem sie weder Ziel noch Sinn ihrer Reise angegeben hatte; nur daß sie bald zurückzusein hoffe, stand darin geschrieben, zusammen mit den besten Wünschen an ihre drei Brüder und ihre Mutter Ute.

Sie wußte natürlich, daß Gunther toben würde und daß Gernot und Giselher zur Suche nach ihr aufbrechen würden. Freilich würde niemand auf die Idee kommen, sie habe sich ausgerechnet ins Herz der Pestepidemie aufgemacht. Vielleicht würde man den Fährmann befragen, und sicher würde er dann die Wahrheit erzählen, doch bis dahin war ihr Vorsprung viel zu groß.

Wie es aussah, war sie vor Verfolgern vorerst sicher. Zumindest, so lange sie ihre Reise zügig und ohne unnötige Unterbrechungen fortsetzte. Und, immerhin, sie war bereit, ihr Leben für das eines ganzen Volkes zu geben, für das gesamte Reich von Burgund. Ihre Sache, dessen war sie gewiß, war eine gerechte, die jedes Opfer wert war. Auch jenes, das sie selbst zu bringen gedachte. Sie hatte nie einer Menschenseele davon erzählt, und wenn es nach ihr ging, sollte auch in Zukunft niemand davon erfahren. Sie folgte nur ihrem Instinkt, nicht dem Verstand, aber etwas sagte ihr, daß sie das Richtige tat. Und das einzig Mögliche.

Es war am frühen Nachmittag, als sie aus der Ferne am Wegrand ein Anwesen entdeckte. Im Näherkommen erkannte sie, daß es ein Gasthaus war, mit einem Pferdestall als Anbau. Ein wettergegerbtes Holzschild schaukelte knirschend im warmen Sommerwind. Tür und Fenster waren geschlossen, weit und breit war kein Mensch zu sehen. Ein zäher, süßlicher Geruch lag in der Luft, ein wenig wie von gekochten Rüben.

Erst als sie auf einer Höhe mit dem Haus war, sah sie den schwarzen Stoffetzen, der am Knauf des Eingangs angebracht war. Das Zeichen, daß in diesen Mauern die Pest umging.

Kriemhild stieg nicht vom Pferd und lenkte Lavendel auf die andere Straßenseite.

»Ist da wer?« rief sie so laut sie konnte zum Gasthaus hinüber.

Nichts regte sich.

»He da!« versuchte sie es noch einmal. »Eine Reisende erbittet Auskunft!«

Die Antwort war Schweigen. Nur das Schild über der Tür knarrte leise, als eine neuerliche Brise es schräg stellte.

Kriemhild war drauf und dran, den Schimmel weiterzutreiben, doch ihre Neugier überwog. Wie konnte sie etwas besiegen, das ihr nie von Angesicht zu Angesicht begegnet war?

Sie sprang aus dem Sattel und band Lavendel an einen Baum. Dann überquerte sie die verlassene Straße und näherte sich zögernd dem Gasthaus. Der Rübengeruch wurde stärker. Noch einmal blieb sie stehen, zweifelte an ihrem Tun. Dann trat sie entschlossen an ein Butzenfenster rechts der Tür und preßte das Gesicht ans Glas. Im Inneren herrschte düsteres Zwielicht. Sie konnte nur zwei oder drei Schritte weit sehen, bis zu den vorderen der langgestreckten Tische. Darauf lag etwas, reglos und still.

Kriemhild zuckte zurück. Der Geruch schien ihr schlagartig durch jede Pore zu dringen, verklebte ihren Mund, ihre Augen, ihre Nase. Einen Augenblick lang hatte sie das Gefühl, sie würde nie wieder atmen können.

Es waren Kinder. Die Leichen von Jungen und Mädchen, mindestens ein halbes Dutzend allein auf den vorderen Tischen. Die Menschen aus den umliegenden Wäldern, Holzfäller, Köhler und Wilddiebe, mußten ihre Kinder hierhergebracht haben, vielleicht, weil sie geglaubt hatten, sie seien hier sicherer als draußen im einsamen Tann. Vielleicht hatten sie gehofft, hier würden die Kleinen alle Hilfe bekommen, die sie nötig hatten.

Jetzt aber lebte hier niemand mehr. Irgendwer mußte die Körper auf den Tischen aufgebahrt haben. Wahrscheinlich war er selbst längst tot.

Kriemhild warf sich herum, löste Lavendel vom Baumstamm und zog sich hinauf in den Sattel. In rasendem Galopp sprengte das Tier mit ihr von dannen, schnell, immer schneller. Es war, als würde der Geruch ihr folgen, eine giftige Wolke Verwesungsgestank, der sie über die Heerstraße jagte wie ein hungriges Ungetüm. Kriemhild fürchtete, jetzt, wo ihr der Gestank einmal bewußt geworden war, würde er sie nie wieder loslassen. War es möglich, daß bereits das ganze Land so roch, und sie es nur nicht bemerkt hatte?

Unermüdlich trug Lavendel sie weiter, die Hügel hinauf und hinunter, bis es ihr vorkam, als läge das halbe Burgundenreich zwischen ihr und dem Gasthaus der toten Kinder. Schließlich riß sie an den Zügeln des Schimmels und übergab sich aufs Pflaster, brach Beeren und Galle hervor und hoffte, der entsetzliche Gestank des Todes würde mit ihrem Mageninhalt zu Boden prasseln.

Doch der Geruch blieb, ganz wie sie befürchtet hatte. Er durchzog die Wälder, füllte die Täler und umwogte die Bergspitzen wie Wolkenringe. An manchen Stellen wurde er schwächer, doch niemals verschwand es gänzlich. Kriemhild hatte das Gefühl, als hätte der Geruch sich in ihrer Kleidung verfangen, doch es war die einzige, die sie hatte. Sie verfluchte sich für ihr Ungeschick, nichts zum wechseln eingepackt zu haben.

Gegen Abend, die Sonne stand tief hinter den Tannenspitzen, kam sie an ein Ufer. Sie versuchte, sich die Karten in Erinnerung zu rufen, doch die meisten waren ungenau und Kriemhild hatte sie nie so eingehend studiert, wie ihre Lehrer es von ihr verlangt hatten. Mochte sein, daß dies schon der Fluß Tauber war, eher aber wohl eines der schmaleren Gewässer, die diese Gegend von Süden nach Norden durchzogen. Die Strömung schien nicht allzu stark, und das gegenüberliegende Ufer war nicht fern. Doch im Dämmerlicht war schwer auszumachen, wie tief der Fluß war; schon wenige Armlängen vom Rand entfernt konnte sie keinen Grund mehr erkennen.

Die Heerstraße endete an einigen Holzpflöcken, die aus dem dunklen Wasser ragten. Jetzt, bei genauem Hinsehen, entdeckte Kriemhild auch weitere Bretter und Latten, die die Oberfläche durchbrachen oder sich treibend zwischen einigen der Pfählen verfangen hatten. Hier mußte einst eine Brücke gewesen sein. Wahrscheinlich hatten Menschen aus dem Osten, auf der Flucht vor der nachrückenden Plage, sie zerstört, um zu verhindern, daß Kranke diese Seite des Flusses erreichten. Wie erfolgreich dieser Plan gewesen war, hatte das Gasthaus gezeigt. Vermutlich hatten die Flüchtlinge selbst die Seuche eingeschleppt.

Bald darauf fand Kriemhild unweit der Straße den Leichnam eines Mannes. Sommerwärme und die Tiere des Waldes hatten bereits ihre Spuren hinterlassen, er mußte schon Tage hier liegen. Der Brückenwächter, nahm sie an und wandte sich angewidert ab. Sie hatte früher schon Tote gesehen, sogar ihren eigenen Vater, König Dankrat, und auch häßliche Krankheiten hatte es gelegentlich im Schloß gegeben. Trotzdem war ihr Leben weitgehend wohlbehütet verlaufen, und der Anblick des Todes, mehr noch der Verwesung, traf sie zutiefst.

Eine Weile blickte sie ratlos übers Wasser und

überlegte, wie sie auf die andere Seite gelangen könnte. Ihr Ziel lag nordöstlich, falls ihr Orientierungssinn sie nicht täuschte. Es blieb ihr keine andere Möglichkeit, als am Ufer des Flusses entlangzureiten und eine Furt zu suchen.

Die Sonne war gerade hinter den Wäldern verschwunden, und ein goldroter Schein floß über den Himmel, als sie jenseits einer Flußkehre Stimmen vernahm. Alarmiert lenkte sie Lavendel dichter an den Waldrand, ließ das Tier aber nicht anhalten. Der weiche Uferboden dämpfte die Geräusche der Hufe. Außerdem verriet die Lautstärke der Stimmen und die Aufregung, die daraus sprach, daß die Leute anderes zu tun hatten, als nach Reisenden Ausschau zu halten.

Noch fünfzig Schritte bis zur Flußkehre. Der Boden stieg dort leicht an, ein niedriger Hügel, der seitlich steil zum Fluß hin abfiel. Was immer dort vorne vorging, es spielte sich auf der anderen Seite der Erhebung ab.

Kriemhild brachte den Schimmel erst unterhalb der Kuppe zum Stehen. Dort führte sie ihn einige Schritte in den Wald hinein und band ihn fest. Das Schwert ließ sie am Sattel hängen, sie konnte ohnehin nicht allzugut damit umgehen. Statt dessen zog sie einen von Gernots Dolchen aus dem Stiefel. Ihr Bruder hatte sie gelehrt, wie man einen Gegner damit in Schach hielt, und sie hatte sich als geschickte Schülerin erwiesen. Sie würde es nicht mit einem ausgebildeten Kämpfer aufnehmen können, doch einen frechen Bauernlümmel, vielleicht auch den einen oder anderen Räuber, vermochte sie durchaus in die Flucht zu schlagen.

Geduckt, Muskeln und Nerven gespannt, huschte sie durchs Dickicht, über die Erhebung hinweg und auf der anderen Seite zum Waldrand. Hinter einem Brombeerbusch verharrte sie, erhob sich vorsichtig und spähte über Blätter und Geäst hinweg zum Ufer.

Dort unten, keine zwanzig Schritte von ihr entfernt, war der baumlose Uferstreifen ein wenig breiter. Vier, fünf Mannslängen, schätzte sie. Mindestens zwei Dutzend Menschen hatten sich dort versammelt, einige hielten lodernde Fackeln. Die meisten standen im Halbrund um etwas, das sich am Rand des Gewässers abspielte, etwas, das Kriemhild von hier aus nicht erkennen konnte. Sie würde noch näher heranschleichen müssen.

Wenig später hatte sie sich der Menge so weit genähert, wie es gerade eben möglich war, ohne entdeckt zu werden. Hier gab es keine Sträucher mehr, nur Bäume, hinter denen sie Schutz suchen konnte. Sie entschloß sich, auf einen hinaufzuklettern und das Geschehen von oben zu beobachten.

Flink erklomm sie den Stamm einer Eiche, bis sie zwei Mannslängen über dem Boden auf einer Astgabel hockte. Dichtes Blattwerk schützte sie vor zufälligen Blicken. Schräg unter ihr stand eine Gruppe von sieben Frauen, offenbar die Weiber der Männer am Ufer. Sie betrachteten die Ereignisse am Wasser aus einigen Schritten Entfernung, stachelten die übrigen aber durch Rufe zur Eile auf.

Im Halbrund der Fackelträger, nur eine Armlänge vom Fluß entfernt, lagen zwei Männer am Boden. Der eine, ein junger Kerl mit kurzem, hellem Haar, angetan wie ein Waldbewohner in Grün und Braun, wehrte sich erbittert gegen drei Gestalten, die ihn brutal in den Uferschlamm drückten. Der zweite Mann wehrte sich nicht, ja, er bewegte sich nicht einmal. Etwas an seiner sonderbaren Lage, die Arme und Beine achtlos abgewinkelt, verriet, daß er tot war.

Die Männer und Frauen, die um die beiden am Boden herumstanden, schienen keineswegs Räuber zu sein, wie Kriemhild befürchtet hatte. Mit Ausnahme einiger Knüppel und Dreschflegel waren sie unbewaffnet. Kriemhild hielt sie für Bauern, einfache Dorfbewohner, die aus irgendeinem Grunde Blut geleckt hatten. Vielleicht hatte der Junge sie bestohlen oder sich an einem der hübscheren Mädchen vergriffen.

Kriemhild war schon Zeugin so mancher Hinrichtung geworden – im Burghof zu Worms, beinahe gleich vor ihrem Fenster –, doch eine so sonderbare wie diese hier hatte sie noch nie gesehen.

Der strampelnde Junge wurde mit Hilfe zahlreicher Schläge und Tritte auf den Bauch gerollt und festgehalten. Erstaunt sah Kriemhild, daß der Junge einen Buckel hatte; deutlich hob er sich am linken Schulterblatt unter seinem Lederwams ab.

Zwei andere Männer zerrten jetzt den Toten heran, banden ihn mit Seilen auf den Körper des Jungen, Rücken an Rücken. Als ein Mann mit einer Fackel sich zu dem verschnürten Bündel herabbeugte und höhnisch auf den Wehrlosen einbrüllte, erkannte Kriemhild im zuckenden Feuerschein, daß der Tote mit schwarzen Flecken übersät war. Entsetzen verschlug ihr den Atem. Allmächtiger, diese Menschen berührten ein Pestopfer, als ginge keinerlei Gefahr von ihm aus! Sie mußten wahnsinnig sein – oder bereits angesteckt!

Im selben Moment begriff sie, daß sie von hier verschwinden mußte. Doch als sie nach unten blickte, entdeckte sie voller Grausen, daß sich die Gruppe der Frauen einige Schritte zum Waldrand hin zurückgezogen hatte. Die aufgebrachten Weiber standen nun genau unter Kriemhilds Baum. Wenn eine von ihnen nach oben blickte, war es um Kriemhild geschehen. Schlimmer noch: Es war unmöglich geworden, unbemerkt hinabzuklettern. Sie mußte in den Ästen ausharren, bis alles vorbei war.

Der schreiende Junge und der Tote wurden in einen Kahn geworfen. Einige Männer ruderten ihn geschwind zur Mitte des Flusses. Schwankend stellten sich zwei von ihnen auf, packten den Toten an Armen und Beinen und hoben damit zugleich auch den Jungen von den Planken. Zweimal holten sie Schwung, dann schleuderten sie das armselige Bündel über die Reling ins Wasser. Sogleich verstummten die Schreie des Jünglings; die Leiche schwamm oben, er aber trieb unter Wasser. Jetzt erst begriff Kriemhild, wie perfide diese Art des Tötens tatsächlich war. Es war fraglich, ob der Junge es überhaupt schaffen konnte, sich mitsamt dem Toten im Wasser zu drehen, um dadurch selbst an die Oberfläche zu gelangen. Fraglicher noch war, wie lange er sich so würde halten können, denn die Strömung spielte ihr eigenes Spiel mit ihm. Kriemhild hatte Mitleid mit ihm, ganz gleich, was er verbrochen hatte. Doch sie wußte auch, daß sie nicht das geringste unternehmen konnte, um ihn zu retten.

Hätte man sie in diesem Augenblick gefragt, so hätte sie wohl bestätigt, daß es kaum noch schlimmer hätte kommen können. Doch, freilich, auch das erwies sich als frommer Wunsch.

Denn plötzlich ertönte ein Knacken, und die Astgabel, auf der sie saß, neigte sich nach unten – ganz langsam, unmerklich fast, aber doch unaufhaltsam. In blinder Panik griff Kriemhild nach einem anderen Ast, irgendwo über ihr. Sie hatte Glück... etwa drei Herzschläge lang. Dann brach die Gabel vollends ab, und obgleich Kriemhild mit beiden Händen an dem oberen Ast baumelte, polterte das geborstene Holz in die Gruppe der Frauen am Fuß der Eiche. Zwei, die getroffen wurden, schrien vor Schmerz und Überraschung auf, während die Blicke der anderen nach oben zuckten.

Kriemhild schenkte ihnen ein unschuldiges Lächeln – dann trafen sie schon die ersten Steine, die die empörten Weiber nach ihr schleuderten. Einige der Männer am Ufer wurden aufmerksam, und bald schon stand die keifende Menge unterhalb der Eiche, traktierte Kriemhild mit Wurfgeschossen und schrie nach ihrem Blut.

Ein tückischer Wurf traf sie am Kopf, ein anderer am rechten Arm. Ihre Finger gaben nach, dann fiel sie. Stürzte mitten in die brüllende Meute.

Jeder Ansatz von Gegenwehr, jedes Wort der Vermittlung, sogar jeder Schmerzensschrei ging im Tumult der Rasenden unter. Hiebe und Tritte prasselten auf Kriemhild ein, ohne daß sie verstand, was sie diesen Leuten angetan hatte. Manche zerrten an ihren Armen, ihrer Kleidung, dann auch an ihrem Haar. Brüllend wurde sie ans Ufer geschleift. Sie hörte, was die Menschen riefen, aber es machte keinen Sinn. Sie vernahm Bruchstücke von Sätzen, dann nur einzelne Wörter, Silben. Die Angst vor der Plage mußte sie alle um den Verstand gebracht haben.

Hände und Füße preßten Kriemhild mit Bauch und Gesicht in den weichen Schlamm. Feuchtigkeit und Dreck drangen in ihre Ohren, und einen seltsamen, unwirklichen Augenblick lang herrschte Stille – dann bekam sie keine Luft mehr, riß den Kopf zurück und fand sich gleich wieder inmitten des tobenden Gekeifes. Kriemhild spürte, wie Seile um ihren Körper geschlungen wurden, und ihr dämmerte, was ihr bevorstand. Noch einmal bäumte sie sich voller Verzweiflung auf, und da sah sie, daß man den Jungen und den Toten zurück an Land gezogen hatte. Alles weitere aber verblaßte angesichts neuerlicher Schläge und Schreie, als man Kriemhild zurück in den Schmutz drückte. Etwas wurde auf ihren Rücken gebunden, fest angezurrt. Das Etwas bewegte sich schwach, halb ertrunken, völlig erschöpft. Der Jüngling!

Hände rissen sie hoch, schleuderten beide gemeinsam wie verwachsene Mißgeburten in den Kahn, ruderten sie hinaus auf den Strom.

Dann – Wasser!

Kriemhild strampelte in wilder Panik, und der Junge tat es ihr gleich. Herzschläge lang trieb er an der Oberfläche, dann gelang es Kriemhild, ihn mit einem Ellbogenstoß in die Rippen zu überraschen. Er gab nach, sie drehten sich, und Luft strömte in Kriemhilds Lungen. Doch nur einen Augenblick lang. Dann wurde sie selbst schon wieder zur Seite gerissen. Sie rotierten um sich selbst, und abermals geriet Kriemhild unter Wasser, während der Junge über ihr durchatmen konnte.

Das Brausen und Gurgeln des Flusses war ohrenbetäubend. Luftblasen umwirbelten sie wie ein Insektenschwarm. Panisch schlug und trat Kriemhild um sich, und irgendwie gelang es ihr – vielleicht mit Hilfe der Strömung –, erneut nach oben zu kommen. Hustend und sich krümmend hing der Junge wie ein Anhängsel an ihrem Rücken. Und während sie selbst wieder durchatmen konnte, dachte sie: Er ertrinkt, wenn ich ihm nicht helfe!

Noch einmal schnappte sie verzweifelt nach Luft, dann drehte sie sich freiwillig zur Seite, wurde unter die Oberfläche gerissen und hoffte, daß ihre Hilfe für den Jungen nicht zu spät kam. Sie betete, daß er das gleiche Mitleid mit ihr zeigen würde! Wenn sie sich abwechselten, wenn es ihnen trotz aller Panik und Angst gelang, einen klaren Kopf zu behalten, dann konnten sie überleben. Zumindest eine Weile. Vielleicht, bis sie ans andere Ufer geschwemmt wurden. Vielleicht bis –

Das Gewicht des Jungen riß sie herum, und nun war sie es, die oben trieb. Er hat es begriffen! jubelte sie in Gedanken. Er ist freiwillig untergetaucht! Sie holte Luft, einmal, zweimal, dann rollte sie sich zur Seite, gab ihm Gelegenheit zum Atmen. So machten sie es vier- oder fünfmal, dann bemühte sich Kriemhild neben dem Atemholen um einen Blick ans Ufer. Verschwommen sah sie eine Ansammlung heller Punkte, sehr klein, fast wie Glühwürmchen – Fackeln, die schnell in der Ferne zurückblieben. Ja, bei Gott, der Fluß trug sie stromabwärts, fort von den Wahnsinnigen!

Die Anstrengung des ständigen Drehens, Luftholens, Untertauchens drohte Kriemhild zu überwältigen. Lange würde sie nicht mehr durchhalten. Sie hätten ihre Bewegungen besser aufeinander abstimmen müssen, doch so lange sie sich untereinander nicht verständigen konnten, war das unmöglich. Sie konnten nur darauf vertrauen, innerhalb der nächsten Augenblicke ans Ufer gespült zu werden.

Sie hatte den Gedanken kaum zu Ende gedacht, als ihre Knie über harten Stein schrammten. Dann wurde sie auch schon wieder herumgerissen, schnappte nach Luft und sah durch einen Wasserschleier die riesenhaften Silhouetten hoher Bäume vor dem goldenen Abendhimmel. Unter ihr bäumte sich der Junge auf, und ein Schmerzensschrei drang durch das Wasser empor. Fester Grund, endlich!

Wenig später lagen sie im seichten Uferwasser, beide auf der Seite, immer noch gefesselt, und atmeten tief und lange durch.

Der Junge brachte als erster ein paar zusammenhängende Worte hervor. »Wer ... wer bist du?«

Kriemhild hustete, Wasser lief ihr aus dem Mund.

»Wer, zum Teufel, bist *du*? Und warum hast du uns das eingebrockt?«

»Uns?« Er verrenkte sich fast den Hals bei dem Versuch, sie anzusehen. Vergeblich. Die Fesseln saßen zu eng, und beide keuchten schmerzerfüllt auf.

»Bleib gefälligst ruhig liegen!« fauchte Kriemhild ihn an. »Oder willst du uns beide erdrosseln?«

Ihre Kratzbürstigkeit verwirrte ihn. »Hab ich dich vorher schon mal gesehen?«

»Du siehst mich ja nicht einmal jetzt!« Mittlerweile hatte sie ihre Sinne so weit beieinander, daß sie vorsichtiger wurde. Niemand durfte erfahren, wer sie wahr. Zu leicht konnte sie Spitzbuben in die Hände fallen, die sich ein schönes Lösegeld für sie ausrechnen mochten. »Warte«, sagte sie dann, als sie sich an den verbliebenen Dolch in ihrem Stiefel erinnerte; den anderen hatte sie beim Gerangel mit der aufgebrachten Meute verloren. »Ich will versuchen –«

Beide stöhnten vor Schmerz, als Kriemhild das Bein anzog und mit den Fingern nach dem Stiefelschaft tastete. Die Seile schnürten ihnen Brust und Bauch ab.

»Ich hab ihn!« preßte sie schließlich triumphierend hervor. Als er nicht reagierte, fragte sie: »He, lebst du noch?«

»Nein.«

Das Abendrot brach sich auf der blanken Dolchklinge, als Kriemhild vorsichtig die Seile über ihrem Oberkörper durchtrennte. Augenblicke später waren sie frei, rollten voneinander fort und blieben erschöpft auf dem Bauch im seichten Wasser liegen.

Als Kriemhild zu dem Jungen hinüberschaute, bemerkte sie, daß er sie eingehend musterte.

»Was glotzt du so?« zischte sie empört.

»Wenn du mir schon deinen Namen nicht verrätst, muß ich mir wenigstens merken, wie du aussiehst, meinst du nicht?«

»Hast du mir denn deinen verraten?«

»Jodokus.« Und nach einer Pause setzte er hinzu: »Jodokus der Sänger.«

»Was für ein Name ist das?« entfuhr es ihr amüsiert.

Seine Augenbrauen stellten sich schräg. »Hast du einen besseren?« fragte er gereizt.

»Fine«, sagte sie zögernd. Das war der Name einer ihrer Kammerzofen, und der einzige, der ihr ohne nachzudenken einfiel. »Ich heiße Fine.«

Einen Moment lang war da etwas wie Mißtrauen im Blick seiner braunen Augen, dann aber rappelte er sich auf alle viere hoch. »Gut, Fine. Ich schätze, du hast mir das Leben gerettet.« Zweifelnd fügte er hinzu: »Irgendwie, zumindest.«

Auch Kriemhild setzte sich im Schlamm auf, taumelte dann auf die Füße. »Ich hab's nicht gern getan, das darfst du mir glauben.«

»Wie liebenswürdig.«

Sie schenkte ihm ein giftiges Lächeln und schob sich die feuchten Strähnen ihres Goldhaars aus dem Gesicht.

Wieder starrte er sie eingehend an. Ihr nasses Hemd klebte durchscheinend an ihren Brüsten. Als sie es bemerkte, raffte sie zornig ihre Weste zurecht.

Jodokus wurde rot und lachte leise, sagte aber nichts.

Kriemhild schaute sich um. »Wir sind am anderen Ufer, oder?«

»Ansonsten hätten sie uns längst wieder eingefangen.«

»Dann sind wir hier sicher?«

»Nicht lange, fürchte ich. Das Dorf dieser Leute liegt an der einzigen Furt weit und breit, ein wenig weiter nördlich. Kann sein, daß sie uns über den Fluß folgen werden.«

Kriemhild suchte das andere Ufer ab, konnte aber weit und breit keinen Fackelzug erkennen. »Warum wollten sie dich überhaupt umbringen?«

»Aus dem gleichen Grund wie dich.«

»Der da wäre?«

»Sie sind verrückt. Schlicht und einfach.«

Kriemhild musterte ihn abschätzend, während

sich beide ins Trockene schleppten. »Wer sagt mir, daß du kein gesuchter Verbrecher bist? Ein Mörder, vielleicht. Möglicherweise hatten sie ja recht mit dem, was sie vorhatten.« In Wahrheit aber glaubte sie nicht daran. Jodokus entsprach nicht gerade dem Bild jener Mordbuben, die sie während der Hinrichtungen bei Hofe zu Gesicht bekommen hatte. Abgesehen von dem leichten Buckel auf seinem Rücken, war er eigentlich recht ansehnlich, sogar jetzt noch, da das Wasser aus seiner Kleidung triefte. Tropfen glitzerten wie Diamanten in seinem kurzgeschorenen Haar, und das schalkhafte Blitzen in seinen Augen war frech und anziehend zugleich. Kriemhild schätzte ihn grob auf siebzehn Jahre, nicht viel älter als sie selbst. Eine kleine Narbe zog sich von seinem linken Mundwinkel Richtung Wange, als hätte jemand versucht, ihm ein bleibendes Lächeln zu verpassen.

»Du glaubst also, ich bin ein Halunke, ja?« fragte er, als sie sich matt gegen einen Baumstamm lehnten und in entgegengesetzte Richtungen blickten.

Kriemhild unterdrückte ein Lächeln. »Sagen wir, der Gedanke liegt mir nicht allzu fern.«

Er verzichtete, näher darauf einzugehen, und fragte statt dessen: »Was verschlägt ein Mädchen wie dich in diese Gegend?« Er senkte seine Stimme ein wenig. »Weißt du nicht, daß hier die –«

»Die Pest wütet?« ergänzte sie. »O doch.«

»Fürchtest du dich nicht davor?«
»Nicht mehr als du.«
»Ich mache mir fast in die Hosen vor Angst.«
»Welch bezaubernde Vorstellung.«
»Was hast du hier zu suchen? Bist du auf der Flucht?«
»Ich will nach Osten.«
»Aber alle Flüchtlinge ziehen in westliche Richtung.«
»Dann bedeutet das wohl, daß ich kein Flüchtling bin, nicht wahr?«
»Wer war der andere Mann, der Tote?«
Jodokus hob die Schultern. »Jemand aus dem Dorf, nehme ich an. Sie wollten wohl, daß ich mich bei ihm anstecke.« Er rückte am Baumstamm zu ihr herum, bis sich ihre Schultern fast berührten. Eingehend betrachtete er ihr feines Profil. »Du bist zu schön für eine einfache Herumtreiberin. Deine Haut ist zu glatt und ebenmäßig. Du hast nie in deinem Leben mit den Händen gearbeitet, deine Finger sind zu zart und unversehrt. Du stammst aus gutem Hause. Laß mich raten: Eine Ausreißerin, stimmt's?«
Sie war überrascht und auch ein wenig besorgt. Wenn er sie so mühelos durchschaute, würde das wahrscheinlich jedem anderen genauso gelingen. »Kann schon sein«, erwiderte sie vage, weil sie ahnte, daß es wenig Sinn hatte, ihn zu belügen. »Da du

anscheinend alles über mich weißt, ist es jetzt wohl an dir, etwas über dich zu erzählen.«

»Ich hab nur geraten. Versuch du es doch auch.«

Sie beugte sich vor und schaute ihn über die Schulter hinweg an. Sie hatte angenommen, daß er sie nur necken wollte, doch jetzt erkannte sie den Ernst in seinen Zügen. »Gut«, meinte sie widerwillig, wenn auch nicht vollkommen abgeneigt. »Du bist Sänger, hast du gesagt. Wahrscheinlich ein schlechter, sonst wärest du nicht hier, sondern bei Hofe oder in einer Stadt. Außerdem hast du kein Instrument dabei.«

»Die Leute am Fluß haben es mir abgenommen.«

»Wollten sie dich deshalb töten?« fragte sie verschmitzt. »Weil dein Gesang so grauenvoll war?«

Sie fürchtete einen Moment lang, das sei eine Spitze zuviel gewesen, doch dann grinste er breit. »Mag schon sein, daß ihnen mein Gesang mißfallen hätte. Aber soweit ist es gar nicht erst gekommen. Sie haben mich vom Pferd gezerrt, als ich durch ihr Dorf ritt, und dann schleppten sie mich gleich zu dieser Stelle am Ufer. Hier ist er tiefer als anderswo, glaube ich.«

»Dann muß ihnen einiges daran gelegen haben, daß du auch wirklich ersäufst.«

»Sieh an, sieh an: Die kleine Prinzessin spricht wie eine Räuberbraut.«

Bei der Anrede »Prinzessin« zuckte sie zusammen. Eine Redensart, nichts sonst. Sie fragte sich, ob er ihre heftige Reaktion bemerkt hatte. Falls ja, so zeigte er es nicht.

»Und du behauptest, du wüßtest wirklich nicht, warum sie es auf dich abgesehen hatten?«

»Genausowenig wie du.«

So kamen sie nicht weiter. Vorerst saßen sie gemeinsam in diesem Schlamassel. Lavendel wartete auf der anderen Seite des Flusses, und obgleich es Kriemhild traurig stimmte, die Stute zurückzulassen, war das Wagnis, die Furt zu benutzen, viel zu groß. Andererseits: Wie sollte sie ohne Pferd ihr Ziel erreichen, bevor die Plage nach Worms vorrückte?

Als er sah, daß sie plötzlich Verzweiflung überkam, ergriff er zögernd ihre Hand. »Du hast es eilig, nicht wahr?«

»Ich...«, begann sie zögernd, sagte dann aber nur: »Ja. Ich muß nach Osten, und zwar so schnell wie möglich.« Warum hätte sie das leugnen sollen? »Mein Pferd ist am anderen Ufer, und ohne es...«

Er drückte ihre Hand, um sie aufzumuntern, aber sie zog ihre Finger geschwind zurück.

»Wir besorgen dir ein neues«, sagte er, um ihr Mut zu machen. »Und mir auch. Wenn du willst, reiten wir zu zweit, wo immer du auch hinwillst.«

»Du willst mitkommen?« Sie lachte auf, aber es war ein bitterer, verletzender Laut. »Ich kenne dich ja nicht einmal.«

»Du wirst mich schon kennenlernen.«

»Wenn du mich anrührst –«

»Niemals. Versprochen!«

Sie suchte in seinen Augen nach einem Hinweis, ob er das ernst meinte. »Ich weiß nicht, ob ich dir trauen kann.«

»Natürlich weißt du das nicht. Aber wer sagt mir denn, ob ich dir trauen kann?«

»Ich werde wohl kaum bei Nacht über dich herfallen, dessen sei versichert.«

Strahlend sprang er auf. »Dann brauchen wir voreinander ja keine Angst zu haben. Komm, laß uns aufbrechen. In den Wäldern laufen eine ganze Menge Pferde herum. Sie sind aus ihren Stallungen ausgebrochen, als niemand mehr kam, um sie zu füttern. Mittlerweile gibt es in dieser Gegend mehr freilaufende Pferde als Menschen.«

»Die Leute aus dem Dorf schienen mir recht lebendig zu sein.«

»Die wenigen, die übrig waren. Aber ich habe das Dorf gesehen. Die vielen Totenfeuer, die schwarzen Fetzen an den Türen. Die zwanzig oder dreißig am Ufer waren nur der armselige Rest.«

»Glaubst du, sie waren schon krank?«

»Einige gewiß.«

»Und wir?«

Er zuckte mit den Achseln. »Warten wir's ab.«

»Du nimmst den Tod nicht allzu schwer.«

»Noch leben wir, oder? Außerdem fürchte ich den Tod nicht. Die Pest, ja, sicher. Die Krankheit, das Siechtum. Aber nicht das Ende.«

Kriemhild warf noch einen betrübten Blick zum anderen Ufer, aber Lavendel war nirgends zu sehen. Dann trat sie Seite an Seite mit dem buckligen Jungen in den Wald, auf der Suche nach einem Pfad Richtung Osten.

»Warum?« fragte sie nach einer Weile.

»Warum was?«

»Weshalb hast du keine Angst vor dem Tod?«

Da verdüsterte sich sein Blick, und als er sprach, da klang es, als habe sie eine böse Erinnerung in ihm geweckt. »Ich kenne ihn viel zu gut, um ihn noch zu fürchten.«

»Niemand kennt den Tod. Keiner weiß, was einen erwartet, auch du nicht.«

»Ich schon. Ich war da.«

»Du mußt ein fürchterlicher Sänger sein, wenn deine Lügen alle so schlecht sind wie diese.«

Abrupt blieb er stehen. Sein Gesicht war bleich geworden. »Ich war einem Tod so nah wie kein anderer.«

»*Einem* Tod?« fragte sie verwundert. »Glaubst du denn, es gibt mehrere?«

»Es gibt einen leichten und einen schweren Tod, und wahrscheinlich noch einige dazwischen.«

Kriemhild grinste. »Dann ist dir gewiß der allerschwerste über den Weg gelaufen«, bemerkte sie scharfzüngig. Sie konnte ihn immer noch nicht ernst nehmen.

»Ja.«

»Das dachte ich mir.«

Kopfschüttelnd wollte sie weitergehen, doch er legte ihr eine eiskalte Hand auf die Schulter. Kriemhild schauderte und streifte die Finger eilig ab, wie die Beine einer besonders ekelhaften Spinne.

»Kein Tod«, sagte er leise, »ist so schrecklich wie der, den die Götter selbst einem wünschen.«

Kapitel 2

Jodokus war ein sonderbarer Kauz, daran gab es gar keinen Zweifel. Nach seinem merkwürdigen Gerede über den Tod sprach er eine ganze Weile überhaupt nicht mehr, doch als er schließlich erneut das Wort ergriff, da war er wieder ganz der Alte. Bissig spottete er über Kriemhilds vermeintlich hohe Herkunft, machte ihr aber auch ein paar nette Komplimente. Vor allem ihr Haar hatte es ihm angetan, wiederholt bewunderte er dessen Glanz und ungewöhnliche Länge.

Einmal fragte sie sich, ob er vielleicht nicht ganz richtig im Kopf sei, verwarf den Gedanken aber hastig. Die Vorstellung, mit einem Verrückten durch die Lande zu ziehen, war mehr als nur unbehaglich.

Sie erreichten bald einen Waldweg, zweifach gekerbt von Wagenrädern. Zwar fanden sie keine wilden Pferde, wie Jodokus versprochen hatte, doch bevor die Nacht vollends hereingebrochen war, stießen sie auf einer Lichtung auf ein einsames Gehöft. Die Bewohner hatten das Anwesen mit einem Großteil ihrer Tiere verlassen, nur auf einer kleinen Koppel standen noch vier alte, magere Mähren. Kein Vergleich zu Lavendel, aber besser als nichts, und bald schon kamen Kriemhild und der verwachsene Sänger schneller auf ihrem Weg nach Osten voran.

Die Sättel, die sie im Stall gefunden hatten, waren unbequem und sperrig, und es dauerte nicht lange, da schmerzten beiden die Hinterteile. Während Jodokus ausgiebig die genaue Natur seines Gesäßschmerzes erörterte, zog Kriemhild es vor, ihr eigenes Leid damenhaft zu verschweigen. Es waren vor allem Kleinigkeiten wie diese, in denen der Unterschied ihrer Herkunft besonders deutlich zutage trat, und Kriemhild fragte sich, wie der Junge allen Ernstes annehmen konnte, es sei vorzuziehen, als Hungerleider statt in reichen Verhältnissen aufzuwachsen. Sie jedenfalls fand es wenig erstrebenswert, jedem dahergelaufenen Fremden ihre peinlichsten Beschwerden zu offenbaren.

Längst lag die Nacht kühl und sternenklar über dem Land, als sie beschlossen, sich endlich zur Ruhe zu legen. Sie hatten mittlerweile die alte Heerstraße nach Würzburg wieder aufgespürt und waren ihr schon geraume Zeit gefolgt. Jetzt aber schlugen sie sich nach rechts ins Unterholz und knoteten die klapprigen Pferde an Zweigen fest. Alsdann legten sie sich auf gegenüberliegenden Seiten eines kleinen Feuers nieder, leidlich weich auf Laub und Gras gebettet. Trockene Tannennadeln knisterten in den Flammen und verbreiteten einen angenehm herben Waldduft.

»Wer übernimmt die erste Wache?« fragte Jodokus, während er einen Haufen Blätter unter seinem Kopf zurechtrückte.

Erste Wache. An so etwas hätte Kriemhild nicht im Traum gedacht. Sie hätte sich schlafen gelegt und Gottes nimmermüder Vorsehung vertraut. Aber natürlich hatte der Sänger recht: Es war klüger, wenn einer von ihnen auf den anderen achtgab.

»Du siehst müde aus«, sagte sie. »Ich bleibe wach.«

Gelinde Empörung lag in seiner Stimme, als er sagte: »Du bist mindestens genauso müde.«

»Mag sein. Aber es gibt eine Menge, über das ich

nachdenken muß. Schlaf du nur. Ich wecke dich schon, wenn du an der Reihe bist.«

»Nachdenken?« Er legte seinen Kopf zufrieden auf das Blätterkissen und murmelte mit geschlossenen Augen: »Mir scheint, das edle Fräulein hütet ein kleines Geheimnis.«

Er war eingeschlafen, ehe Kriemhild eine Antwort darauf fand. Eine Weile lang beobachtete sie sein Gesicht im gelblichen Feuerschein, die feinen Falten links und rechts seines Mundes, die nicht vom Lachen stammen konnten. Die schmale Narbe im Mundwinkel schimmerte heller als der Rest seiner Wange, fast als leuchte sie aus sich selbst heraus. So, wie Jodokus dalag, fiel der Buckel auf seinem Rücken kaum auf. Kriemhild fragte sich, wie es sein mochte, wenn man von Kind an unter solch einer Mißbildung litt. Er tat ihr plötzlich leid, und eine Woge unverhoffter Zuneigung überkam sie. Er war so ganz anders als die geckenhaften Hofjünglinge, die sie in Worms kannte, ganz anders auch als die Fürstensöhne und Ritter, die Gunther ihr in regelmäßigen Abstände als Gemahle vorschlug.

Ein fahrender Sänger, einer aus dem Heer der Armen – und dennoch wirkte Jodokus auf seine Weise zufrieden, glücklich sogar, wenn man seine Bemerkungen über den Tod außer acht ließ. Möglich, daß sie einiges von ihm lernen konnte.

Seit Kriemhild aus dem Wasser gestiegen war,

hatte sie ihr zerzaustes Haar offen getragen. Jetzt band sie es wieder im Nacken zusammen und erneuerte den Knoten am Hinterkopf. Andere, denen ihr Haar genausogut gefiel wie Jodokus, mochten nicht so zurückhaltend auf der gegenüberliegenden Seite des Feuers schlafen wie er.

Die Geräusche des nächtlichen Waldes waren unheimlich – die Schreie der Eulen und Käuzchen, das gelegentliche Flattern von Schwingen in den Fichtenwipfeln, das Rascheln im Unterholz –, aber Kriemhild hatte keine wirkliche Angst. Im Grunde war sie von sich selbst überrascht. Sie war hinter den sichersten Mauern des Reiches aufgewachsen, hatte nie im Freien schlafen müssen – und nun lag sie hier, inmitten eines Landstrichs, den die Pest regierte, in einem Wald, der dunkler und tiefer war, als jeder andere, den sie bislang gesehen hatte. An der Seite eines vollkommen Fremden zudem, der aus Verhältnissen stammte, vor denen ihre Ammen und Zofen sie stets gewarnt hatten.

Dennoch verspürte sie keine Furcht, nicht vor Jodokus und nicht vor dem Wald. Sie war ziemlich stolz auf sich.

Als sie bemerkte, daß ihre Müdigkeit trotz der späten Stunde nachließ – die Aufregung, sagte sie sich –, stand sie auf und entfernte sich einige Schritte vom Feuer. Sie wollte zurück zur Straße gehen und das moosüberwucherte Pflaster im Mondlicht betrachten, die Verheißung von Ferne und von Reisen spüren, das seltsame Gefühl der Freiheit, das sie immer stärker überkam.

Aber als sie aus dem Unterholz trat und einen Blick auf die Heerstraße warf, erkannte sie, daß sie nicht mehr allein war. Keine zweihundert Schritte östlich entdeckte sie Gestalten, einen Trupp gerüsteter Männer. Vierzig oder fünfzig, schätzte sie. Sie hatten sich am Straßenrand niedergelassen, einige lagen zusammengerollt im Gras und schliefen, andere hielten Wache. Im Mondlicht schimmerten Eisenpanzer und Helme, schartige Waffen und Schilde, von denen die Farben abblätterten. Pferde gab es nur drei oder vier, der Rest des Trupps war zu Fuß unterwegs. Der Marsch mußte lang und anstrengend gewesen sein, denn trotz ihrer großen Zahl machten die Männer kaum ein Geräusch. Die meisten schliefen bereits.

Kriemhilds erste Empfindung war Sorge, daß man sie entdecken und zur Rede stellen würde. *Zur Rede stellen* – von wegen! In einer Gegend wie dieser, ein Haufen verwegener Soldaten und ein hübsches Mädchen, ganz allein im Wald... Diese Art von Unterhaltung würde eher wortkarg ausfallen.

Dann aber sagte sie sich, daß die Männer von Osten kamen und fraglos Neuigkeiten von dort zu berichten wußten. Neuigkeiten, die für Kriemhild große Bedeutung haben mochten. Entgegen jeder

Vernunft überlegte sie, wie es ihr gelingen könnte, die Soldaten auszuhorchen, ohne ihnen selbst zum Opfer zu fallen.

Es war Wahnsinn, gewiß – doch nachdem sie ihren Entschluß einmal gefaßt hatte, brannte sie darauf, ihn in die Tat umzusetzen. Sie hatte oft genug die Gespräche ihrer Brüder belauscht, um zu wissen, daß es unter Kriegern nicht immer nur heldenhaft zuging; sie wußte sehr wohl, was ihr bevorstand, wenn ihr Plan mißlang.

Lautlos schlich sie zurück zur Feuerstelle. Jodokus lag zusammengerollt da wie ein junger Hund, er schlief tief und fest. Die beiden Pferde gaben keinen Laut von sich, als Kriemhild ihnen die Satteldecken abnahm. Dann nahm sie ein verkohltes Holzstück aus der Asche des Feuers und malte sich damit schwarze Flecken auf Gesicht, Hände und Unterarme. Anschließend schlang sie die beiden übelriechenden Decken um ihren Körper wie die Gewänder einer alten Vettel und huschte zurück zur Straße. Unterwegs hob sie einen Stock auf, der leidlich glaubhaft als Krücke herhalten mußte.

Vornübergebeugt, das Gesicht im Schatten der Decke verborgen, humpelte sie über die mondbeschienene Straße auf das Lager der Soldaten zu.

Sie war bis auf zwanzig Schritte heran, als ein schläfriger Wachtposten sie bemerkte. »He da!« rief er sie an, nicht allzu laut, um seine schlafenden

Kameraden zu schonen. »Wer ist da?« Er klang müde und nicht besonders glücklich darüber, daß er sich von seinem Platz am Lagerfeuer erheben mußte.

Kriemhild hatte eigentlich vorgehabt, ihre Stimme zu verstellen, aber jetzt überfiel sie mit einemmal Sorge, daß man ihr die armselige Alte nicht abnehmen würde. Deshalb sagte sie in ihrem eigenen, klaren Tonfall: »Eine Wanderin in schlimmen Zeiten.«

Als der Soldat hörte, wie jung sie noch war, wurde er aufmerksamer. Einige der anderen rollten sich herum, setzten sich im Gras auf. Einer flüsterte einem anderen etwas zu; beide sprangen auf und starrten Kriemhild aus schattenverhangenen Augen entgegen.

»Komm heran, damit wir dich sehen können, Mädchen«, rief der Wächter und zog ein loderndes Scheit aus dem Lagerfeuer.

Kriemhilds Herz raste, und plötzlich war sie froh, daß sie die Krücke hatte, um sich aufzustützen; wer wußte schon, ob ihre zitternden Knie sonst nicht einfach unter ihr eingeknickt wären?

Sehr langsam hob sie beim Näherkommen ihr Gesicht. Der Wächter beleuchtete sie mit der Fakkel. Einer seiner Kameraden entdeckte als erster die schwarzen Flecken auf ihren Zügen und taumelte zwei Schritte nach hinten, stolperte dabei über einen Schlafenden und stürzte rückwärts zu Boden. Sogleich erwachten noch einige mehr und knurrten Flüche, wütend über die Störung.

»Sie hat die Plage!« rief jetzt der Wächter aus. Sogleich ging ein Raunen durch die Reihen. Ein Soldat griff nach Pfeil und Bogen, doch ein anderer hielt ihn zurück. »Warte!« Er trat vor und nahm dem Wächter das brennende Holzscheit aus der Hand.

»Bleib stehen, Mädchen«, sagte er ruhig. Er mußte der Anführer der Rotte sein. Kriemhild war längst klar, daß sie es hier nicht mit Kriegern ihres Bruders zu tun hatte, und das erhöhte ihre Furcht um ein Vielfaches. Jetzt gab es kein Zurück mehr, kein *Seht-doch-her-ich-bin-des-Königs-Schwester*. Dies waren Plünderer, herrenlose Söldner wahrscheinlich, die marodierend durch das sterbende Land zogen.

Der Anführer kam vorsichtig näher, und das Raunen der anderen in seinem Rücken verstärkte sich. Ihn schien die Krankheit weniger zu ängstigen als seine Männer. Kriemhild fürchtete schon, sie sei durchschaut. In einer Bewegung, die beiläufig erscheinen sollte, ließ sie ihre nackten Oberarme unter dem Deckenrand hervorschauen. Die schwarzen Flecken sorgten abermals für aufgeregtes Flüstern. Auch der Anführer blieb zögernd stehen.

»Du kommst aus dem Westen, Mädchen, ist es nicht so?«

»Ja, Herr«, gab sie mit schwankender Stimme zurück. Wäre sie doch nur bei Jodokus im Dickicht geblieben!

»Hast du auf deinem Weg eine Ansiedlung gesehen? Ein Dorf, vielleicht?«

»Ich –« Sie stockte. »Warum wollt Ihr das wissen, Herr? Die Pest ist überall.«

»Wir sind nur müde Kämpfer, auf der Suche nach einem Dach über dem Kopf und ein wenig jungfräulichem Fleisch.« Rohes Lachen aus dem Dunkel unterstrich seine Worte.

Kriemhild schauderte. Zugleich aber dachte sie an die Dorfbewohner, die sie und Jodokus hatten umbringen wollen. Dies mochte eine Gelegenheit sein, ihnen ihr böses Trachten heimzuzahlen.

»Es gibt ein Dorf«, sagte sie schließlich gepreßt. »Etwa einen halben Tag westlich von hier. Es liegt an einer Furt, nördlich der Straße. Ihr könnt es nicht verfehlen.«

»Und lebt dort noch einer?«

Ein anderer gröhlte: »Leben noch Weiber dort? Schnell, sag es uns, dann schonen wir dich.«

Der Anführer fuhr herum und bedachte den Schreihals mit einem finsteren Blick. Sogleich sank der Mann zu Boden und blieb mürrisch und schweigend am Feuer sitzen.

»Es leben noch welche, allerdings.« Kriemhild wunderte sich über sich selbst. Ihr Haß und ihr Zorn auf die Dörfler, die sie ganz ohne Grund hatten töten wollten, war ungebrochen. »Aber sagt, wollt auch Ihr mir eine Auskunft geben?«

»Was willst du mit einer Auskunft, Mädchen? Du wirst bald sterben, das weißt du doch.«

»Sterben werde ich, gewiß«, entgegnete sie, nun ein wenig gefaßter. »Doch verratet mir, wie sieht es im Osten aus?«

Der Anführer murmelte etwas zu sich selbst, dann gab er seinen Männern Zeichen, sich wieder schlafenzulegen. »Schlecht sieht es aus. Die Plage ist überall. Der Schwarze Tod hat reichlich Ernte gehalten. Ich habe viele meiner Männer verloren.«

»Kennt Ihr einen Ort namens Salomes Zopf?«

Der Söldnerführer blickte sie düster an. »Was für ein Ort soll das sein?«

Kriemhild setzte zu einer Erwiderung an, doch im selben Augenblick erhob sich im Hintergrund ein Mann, der eilig auf den Anführer zustolperte; eine Reihe von Flüchen verriet, wo seine Füße im Dunkeln gegen Schlafende stießen. Er trug eine braune Mönchskutte, an seinem Hals baumelte ein Rosenkranz aus Holzperlen. Ohne Kriemhild aus den Augen zu lassen, beugte er die Lippen an das Ohr des Söldnerführers und raunte ihm sichtlich erregt etwas zu. Die Augen das Anführers weiteten sich überrascht, dann streckte er Kriemhild abwehrend seine Fackel entgegen.

»Bist du des Teufels, Weib?«

»Des Teufels, Herr?« fragte sie unschuldig.

»Warum sonst fragst du nach Salomes Zopf?«

Der Mönch trat einen Schritt zurück. »Es heißt, dort...« Der Rest ging unter, als er furchtsam die Stimme senkte. Einige Männer in seiner Nähe keuchten erschrocken auf.

Kriemhild fragte sich, ob sie vom Regen in die Traufe geraten war. Wann wirst du nur lernen, dein loses Mundwerk zu halten?

So sagte sie das erstbeste, das ihr einfiel: »Es heißt, man könne dort Heilung finden.«

Der Anführer lachte höhnisch. »Wie lange hast du die Krankheit schon?«

»Zwei Tage, Herr.«

»Was glaubst du denn, wie lange du noch leben wirst?«

»Ich weiß es nicht, Herr.«

»Einen Tag, höchstens anderthalb. Zu Fuß brauchst du sehr viel länger, um zu Salomes Zopf zu gelangen. Ein Wunder, daß du überhaupt noch laufen kannst.«

Kriemhild schluckte. »Ich hoffte, einem Herrn wie Euch meine Leibesdienste anzutragen, damit er mich auf seinem Roß mitnimmt.«

Der Söldner und seine Kumpane stießen ein gräßliches Gelächter aus. »Leibesdienste, so, so«, meinte der Anführer. »Wer soll Gefallen an einer pestkranken Hure finden, Weib?« Er schüttelte verächtlich den Kopf und hob seine Stimme: »Nun mach schon, daß du fortkommst, bevor ich Befehl gebe, einen Pfeil an dich zu verschwenden!«

»Habt Dank, Herr«, zischte Kriemhild zwischen zusammengepreßten Zähnen.

»Verschwinde von hier und krepiere irgendwo, wo du keine ehrbaren Krieger mit deinem Elend ansteckst.« Beim Wort »ehrbar« erntete er neuerliches Gelächter. Der Anführer drehte sich abrupt zu seinen Kumpanen um. »Und ihr, faules Gesindel, steht schon auf! Noch vor Tagesanbruch will ich unter einem festen Dach sitzen und Bier saufen, in jedem Arm ein Weib, das schöner ist als dieses hier!«

Johlende Zustimmung schlug ihm entgegen, während Kriemhild schwankend an den Lagernden vorüberhumpelte. Ehern bekämpfte sie den Drang, sich nach den Männern umzusehen. Jeden Augenblick erwartete sie eine Klinge oder Bolzenspitze im Rücken.

Doch die gröhlende Horde ließ sie tatsächlich ziehen. Zu groß war die Vorfreude, um auch nur einen weiteren Gedanken an die kranke Wanderin zu verschwenden.

Kriemhild hatte sich noch keine hundert Schritte nach Osten entfernt, als der Trupp bereit zum Abmarsch war. Wenig später schon verschwanden die Männer im Dunkel, nur ihre Stimmen drangen noch gedämpft durch die Nacht.

Aufatmend blieb Kriemhild stehen, schleuderte den Stock beiseite und raffte sich die Decken vom Leib. Mit dem Bündel unterm Arm rannte sie links des Weges zurück zu der Stelle, von der sie gekommen war.

Plötzlich schoß aus dem Gebüsch ein Arm hervor, packte sie schmerzhaft an der Schulter. Kriemhild zuckte herum, duckte sich zugleich in der Befürchtung eines Hiebes mit Faust oder Schwert.

Doch es war nur Jodokus, der das Geschehen vom Dickicht aus beobachtet hatte.

»Was, zum Teufel, ist in dich gefahren?« fuhr er sie wutentbrannt an.

Trotzig versuchte Kriemhild, seine Hand abzuschütteln, doch er ließ nicht locker. »Es ist gutgegangen, oder?«

»Das ist es nicht, was ich meine. Wenn du glaubst, du müßtest dich umbringen, dann ist das deine Sache!« Seinen Augen waren schwarz wie gefärbte Glaskugeln. Er sah mit einemmal älter aus, älter und sehr viel erfahrener. Es war fast, als hätte statt seiner selbst sein Schatten Gestalt angenommen; dies war die dunkle, die unheilvolle Seite des Sängers Jodokus. Dieselbe, die vom Tod durch Götterhand gesprochen hatte. »Wie konntest du das nur tun?«

Sie stellte sich dumm. »Ich weiß nicht, was du meinst.«

Seine zweite Hand zuckte vor und umfaßte ihre andere Schulter. Einen Moment lang fürchtete sie, er würde sie schlagen. »Wie konntest du ihnen nur von dem Dorf erzählen?«

Sie erwiderte seinen finsteren Blick. »Diese Leute haben versucht, uns zu töten. Schon vergessen?«

»Das ist kein Grund, ihnen diese Hunde auf den Hals zu hetzen!«

»Nein? Was wäre denn ein Grund? Wenn wir beide im Fluß ertrunken wären?«

»Niemand hat es verdient, daß eine Horde Plünderer über sie herfällt. Niemand!«

»Ich –«

Er schnitt ihr wutentbrannt das Wort ab. »Du hast diese Menschen gerade zum Tode verurteilt, ist dir das überhaupt klar? Männer, Frauen und Kinder! Alle schon so gut wie tot!«

»Sie suchen nur ein Dach über dem Kopf und –« Kriemhild verstummte, als sie spürte, wie schwach ihre Stimme klang. Sie konnte ihm nicht widersprechen und dabei so tun, als sei sie selbst überzeugt von dem, was sie sagte.

»Zum Tode verurteilt!« wiederholte er und starrte ihr dabei fest in die Augen, bis sie ihren Blick zu Boden wandte. »Und, glaub mir, es wird kein leichter Tod sein! Ich habe gesehen, zu was solche Kerle fähig sind. Sie fallen wie die Tiere über alles her, nach dem es ihnen verlangt. Nicht einer, nicht zwei – ein halbes Dutzend nimmt sich ein Mädchen vor, und sie töten es erst, wenn sie alle fertig sind und auch sonst keiner mehr Verwendung für es hat. Das ist es, was du den Menschen in diesem Dorf angetan hast!«

Kriemhild schwieg. Was hätte sie darauf auch erwidern können?

Aber Jodokus war noch nicht am Ende. »Die Pest hat die Menschen in diesem Dorf dazu gebracht, uns in den Fluß zu werfen. Sie haben gedacht, sie seien im Recht. Sie dachten, sie tun Gutes.«

»Was ist gut daran, uns zu töten?«

Er ließ sie los und atmete tief durch. Als hätte ihn sein Redeschwall gar zu sehr erschöpft, sank er mit dem Rücken gegen einen Baumstamm. »Sie haben geglaubt, daß ich es sei, der ihnen die Pest gebracht hat.«

»Du?« Sie sah ihn an, als hätte er endgültig den Verstand verloren. »So ein Unsinn.«

»Natürlich ist es Unsinn. Aber sie glaubten ganz fest daran. Dich hielten sie wahrscheinlich für meine Gefährtin oder Weiß-der-Teufel-was... Aber von mir glaubten sie, ich sei König Pest persönlich.«

»König Pest? Wer soll das sein?«

»Es gibt eine Legende«, sagte er und wischte sich mit dem Ärmel Schweiß von der Stirn. Seine Nasenflügel blähten sich, als er wie unter Schmerzen die Luft einsog. »In Zeiten wie diesen, wenn der Schwarze Tod über die Länder kommt und die Menschen zu Tausenden und Abertausenden auslöscht, dann entstehen solche Geschichten von einem Tag auf den anderen. Märchen oder Legenden, die möglicherweise einen wahren Kern haben. Wie die Geschichte von König Pest. Es heißt, er sei ein Wanderer, ein Reisender auf schwarzem Roß, der kreuz und quer durch das Land zieht und die Plage verbreitet. Ohne Ziel, ohne Herkunft. Plötzlich ist er da, und wo er geht, bleiben Krankheit und Tod zurück.«

Kriemhild schüttelte ungläubig den Kopf. »Und die Dorfbewohner hielten dich für diesen ... diesen König Pest? Das ist doch völlig absurd!«

»Sie waren verzweifelt. Sie hätten jeden dafür gehalten, der gerade vorbeikam. Es war Pech, das es ausgerechnet mich getroffen hat. Mein Pferd war schwarz, und offenbar hat ihnen das gereicht. Die Seuche hat sie soweit getrieben, vielleicht auch ihre Beschränktheit. Doch was immer sie getan haben, sie haben es nicht verdient, diesen Söldnern in die Hände zu fallen.«

Kriemhild hockte sich auf den kühlen Waldboden nieder und zog die Knie an den Oberkörper.

Allmählich wurde ihr bewußt, was sie getan hatte. Und ebenso deutlich begriff sie, daß es zu spät war, um noch irgend etwas daran zu ändern. »Es tut mir leid«, flüsterte sie, nicht zu Jodokus, sondern nur zu sich selbst.

»So einfach ist das, nicht wahr?« fuhr er sie verächtlich an und äffte ihren Tonfall nach: »Es tut mir leid... Pah, Fine, oder wie auch immer du wirklich heißen magst, in Wahrheit ist es dir doch vollkommen gleichgültig. Vielleicht nicht jetzt, nicht in diesem Augenblick. Aber laß einen halben Tag vergehen, und du wirst keinen Gedanken mehr an diese armen Geschöpfe verschwenden. Sie stehen ja so weit unter dir, nicht wahr?«

Ihr Blick raste hoch. »Wie meinst du das?« rief sie.

»Das weißt du ganz genau, edles Fräulein. Es sind nur Bauern, nur Fußvolk, nur Hungerleider. Niemand von deinem Stand. Keiner, der es wert wäre, einen Finger für sie zu rühren.«

»Du glaubst tatsächlich, ich habe das getan, weil es arme Schlucker und keine Edelleute waren?« Sie sprang auf und stemmte die Hände in die Hüften. »Das glaubst du wirklich?« Sie wollte ihn anschreien so laut sie nur konnte: *Ist dir klar, daß ich mein Leben für dieses Volk aufs Spiel setze? Daß ich mich für dich und jeden anderen in diesem gottverfluchten Land opfern werde?* Aber natürlich sagte sie nichts von alldem; es war unter ihrer Würde.

Würde! Du liebe Güte...

Plötzlich drehte er sich um und machte sich mit schnellen Schritten auf den Rückweg zum Lagerplatz.

»Komm«, sagte er leise, »laß uns aufhören. Wir können ohnehin nichts mehr daran ändern.«

Sie lief hinter ihm her, aufgewühlt wie selten zuvor. »Wir haben doch Pferde. Wir könnten vor den Söldnern im Dorf sein und –«

»Und uns umbringen lassen? Glaubst du wirklich, man würde uns auch nur ein Wort glauben? Die Dorfbewohner würden nur zu Ende bringen, was sie begonnen haben. Und die Söldner würden sie trotzdem töten.« Er schüttelte traurig den Kopf. »Was jetzt geschieht, liegt nicht mehr in unserer Hand.«

Kriemhild senkte schweigend den Kopf, bis sie ihre Feuerstelle und die Pferde erreichten. Wortlos wischte sie sich die Ascheflecken von der Haut, legte dann die beiden Decken auf die Rücken der Tiere und sattelte sie von neuem.

Jodokus sah ihr eine Weile lang zu, dann nickte er nachdenklich. »Ich schätze, ich kann auch nicht mehr schlafen. Wir können ebensogut weiterreiten.«

Das überraschte sie, nachdem er doch gehört haben mußte, was am Ziel ihrer Reise lag. »Willst du immer noch mitkommen?«

»Zu Salomes Zopf? Warum nicht?«

»Du hast keine Angst?«

»Ich habe dir doch gesagt, daß ich keine Angst vorm Tod –«

»Ja«, unterbrach sie ihn scharf, »das hast du.« Sie machte eine kurze Pause, während sie die Riemen der Pferde festzurrte. Dann drehte sie sich mit einem Ruck zu ihm um. »Wirst du mir verraten, womit du die Götter gegen dich aufgebracht hast?«

Er raffte ihre Sachen am Boden zusammen. »Laß uns erst aufbrechen«, sagte er, ohne sie anzusehen. Einen Moment lang hatte Kriemhild den Eindruck, der Buckel an seiner Schulter habe sich unmerklich nach rechts verschoben.

»Ich erzähle dir alles, wenn wir unterwegs sind«, flüsterte er tonlos.

Kapitel 3

Das schwarze Roß schnaubte voller Ungeduld, als sein Reiter die Zügel straffer zog. Der lange dunkle Mantel des Mannes schlug Wellen, während das Tier unter ihm protestierend mit den Hufen scharrte. Es war ebenso unduldsam wie sein Reiter, wenn auch aus eigenen, den Menschen unverständlichen Gründen; der Mann hatte kein Verlangen, sie zu durchschauen. Er zeigte Nachsicht mit jeder Art von Geheimnis. Oft hatte er das

Gefühl, er selbst lebe nur für seine eigenen dunklen Mysterien.

Roß und Reiter standen im Dickicht nahe der Furt und blickten aus schwarzglänzenden Augen zum Dorf hinüber. Die riedgedeckten Dächer der Hütten standen in Flammen, finstere Qualmfahnen stiegen zum Himmel empor und verfinsterten Mond und Sterne. Im Osten dämmerte der Tag herauf, doch selbst das ferne Morgenrot verblaßte angesichts des glutgelben Infernos auf beiden Seiten der Dorfstraße. Ganz aus der Nähe ertönte das schrille Kreischen einer Frau, dann folgte ein stumpfer Laut, ein Hieb. Die Schreie verstummten. Zwei Männer taumelten lallend aus einer der letzten unbeschadeten Hütten und zerrten sich im Gehen die Hosen hoch. Einer stolperte über die Leiche eines Bauern und stürzte zu Boden, der andere lachte trunken und half seinem Gefährten auf die Beine.

Die meisten Söldner waren bereits weitergezogen, nur noch ein paar Nachzügler streiften durch die lodernden Ruinen, auf der Suche nach Überlebenden oder ein paar Münzen, die andere übersehen hatten. Sie fanden weder das eine noch das andere. Schätze hatte es hier nie gegeben, nur das, was die Dorfbewohner zum Leben benötigt hatten. Jetzt benötigten sie nichts mehr.

Der einsame Reiter gab seinem Pferd einen sanften Stoß mit der Ferse. Sogleich trug es ihn aus seinem Versteck ins Licht der prasselnden Feuer. Die Straße war übersät mit Toten, die meisten übel zugerichtet.

Der Reiter lenkte sein Pferd in langsamem Trab um ein paar aufgeschlitzte Hunde. Auf einer Weide lag zerstückeltes Vieh, sogar ein paar Hühner waren mit Pfeilschüssen niedergestreckt worden. Der Reiter im schwarzen, wallenden Mantel hatte viele Kriege und Raubzüge miterlebt, und der Anblick des Dorfes und seiner Bewohner vermochte ihn kaum zu berühren. Tod war sein ständiger Begleiter, hier wie anderswo.

Durch den Sehschlitz seines Helmes beobachtete er die betrunkenen Söldner, die ziellos zwischen den Leichen umherstreiften, die eine oder andere mit den Füßen herumrollten und Scherze darüber machten. Ein halbes Dutzend Plünderer hielt sich noch im Dorf auf, die übrigen waren schon weiter nach Westen gezogen, immer dem Weg der Plage nach. Vermutlich hatten die Zurückgebliebenen vor, ihre Kumpane in ein oder zwei Tagen einzuholen.

Die meisten von ihnen waren viel zu betrunken, um zu bemerken, daß ein schwarzer Schatten auf sie fiel.

Das Schwert des Reiters mähte sensengleich durch den Oberkörper des ersten. Der zweite Plünderer wirbelte herum und erkannte voller Entsetzen die finstere Silhouette, die sich ihm von hinten genähert hatte. Mit mehr Glück als Geschick tauchte er unter der Klinge des Angreifers hinweg und wollte sein eigenes Schwert aus der Scheide zerren. Da aber tänzelte das Streitroß des Angreifers schon herum, der Reiter zertrümmerte das Nasenbein des Söldners mit einem heftigen Stiefeltritt. Ein jammervoller Schrei entfuhr der Kehle des Mannes, der letzte Laut, der aus ihr drang – dann wurde sie vom scharfen Stahl des Reiters zerfetzt.

Der Schmerzensschrei hatte die vier übrigen Plünderer alarmiert. Der Vorteil der Überraschung war dahin. Der Gerüstete sprang aus dem Sattel und jagte das Roß mit einem Klaps davon. Breitbeinig, den Schwertgriff mit beiden Händen umfaßt, erwartete er die heranstürmenden Männer.

Der erste beging den Fehler, sich im Suff zu überschätzen. Mit geradewegs vorgestreckter Klinge und einem hohen Kampfschrei auf den Lippen raste er auf den Bezwinger seiner Gefährten zu, hoffte wohl, ihn allein durch seinen lärmenden Auftritt einzuschüchtern. Der Mann im schwarzen Mantel lachte nur voller Hohn, wich flink zur Seite und hieb dem Vorbeitaumelnden die angespitzte Eisenschale seines Ellbogenschutzes ins Kreuz. Kreischend polterte der Verletzte zu Boden, bis sein Gegner ihm den Gnadenstoß gab.

Die drei übrigen verharrten. Zumindest zwei von

ihnen hatten sich noch nicht um den Verstand getrunken. Sie wechselten knappe Blicke und Handzeichen. Innerhalb eines Atemzuges kamen sie überein, den Feind von zwei Seiten zugleich anzugreifen. Der dritte Plünderer stand unentschlossen da, wartete ab. Er schwankte leicht, seine Schwertspitze zitterte.

Der Mann in Schwarz erwartete seine Widersacher mit einem Lächeln unter dem schweren Helm. Seine Augen blitzten erwartungsvoll. Sie kommen, dachte er, und sie sterben. Genau wie all die anderen.

Der linke der beiden Angreifer stellte sich einigermaßen geschickt an, und es gelang ihm, mit seinem zweiten Hieb den Arm des Kriegers zu streifen. Die Schwertschneide glitt am Kettenhemd ab, doch einen Augenblick lang brachte der Treffer den Mann aus dem Gleichgewicht. Sofort setzte der zweite Plünderer nach, während der dritte immer noch in einigem Abstand verharrte und sich volltrunken fragte, welchen der Kämpfenden er angreifen sollte.

Die Irritation des schwarzen Kriegers dauerte nur einen Herzschlag lang. Dann duckte er sich unter zwei parallel geführten Schwerthieben, rollte sich über den Rücken ab, sprang zwei Schritte entfernt auf die Beine und warf den flatternden Umhang zurück. Seine beiden Gegner wechselten einen erstaunten Blick, dann zuckte die Klinge ihres Feindes heran und hieb dem einen den Kopf von den Schultern. Der andere taumelte voller Entsetzen zurück, fing sich wieder und warf sich dem Angreifer entgegen. Der Krieger ließ dem Plünderer gerade genug Zeit, seine Niederlage zu begreifen, dann rammte er ihm das Schwert durch die Brust.

Danach blickte er sich gelassen um. Der Betrunkene mit der zitternden Klinge stand unverändert da und starrte den Sieger entgeistert an. Allmählich begriff er, was um ihn herum geschehen war.

»König Pest?« entfuhr es ihm, ein zischender, zweifelnder Laut wie der letzte Atemzug eines Sterbenden. Dann wirbelte der Söldner herum und ergriff die Flucht.

Der Mann in Schwarz schleuderte sein Schwert in einem geraden, gezielten Wurf. Es sollte nicht töten, nur aufhalten. Tatsächlich geriet es zwischen die Unterschenkel des Fliehenden, zerschnitt ihm die Haut und ließ ihn schreiend zu Boden poltern. Unweit eines toten Mädchens schlitterte er mit Brust und Gesicht über den blutigen Staub, rollte mit fuchtelnden Armen auf den Rücken und starrte dem Krieger voller Todesangst entgegen.

Der schwarze Ritter blieb breitbeinig vor ihm stehen und hob sein Schwert vom Boden. »Verzeih mir eine Frage«, bat er. Der Helm verwandelte seine Stimme in ein dumpfes, beängstigendes Dröhnen.

Die Lippen des Plünderers bebten, als sie stumme Worte formten. Nichts als heiseres Röcheln drang aus seiner Kehle, rauhes, sinnloses Keuchen. Seine Augen waren groß und weiß wie Schneebälle.

Der Krieger stellte seine Frage, aber es dauerte eine Weile, ehe er eine verständliche Antwort erhielt. Dann rammte er seine Klinge senkrecht und mit beiden Händen in den Brustkorb des Söldners, wartete geduldig, bis kein Leben mehr in ihm war.

Zuletzt rief er sein Roß herbei, schwang sich in den Sattel und führte aus dem Dickicht ein zweites Pferd, das er unweit des Dorfes im Wald entdeckt hatte. Beide lenkte er durch die Furt gen Osten. Die Strömung verwischte alle Hufspuren im Schlamm, und bald darauf war es, als habe weder Mensch noch Tier jemals diesen Weg beschritten.

❧

Jodokus hielt sein Versprechen, wenn auch erst, nachdem Kriemhild ihm den Rest der Nacht über wortreich zugesetzt hatte. Sie war neugierig, war es immer gewesen, doch unter den gegebenen Umständen drängte es sie ganz besonders, die Wahrheit über den buckligen Sänger zu erfahren; sie hoffte, daß es sie vom brennenden Gefühl der Schuld ablenken würde, das ihr die Brust zusammenschnürte. Sie hatte Mühe durchzuatmen, und gelegentlich überkamen sie kurze Anfälle von Schüttelfrost. Zuerst hatte sie geglaubt, es seien die Vorboten der Pest, die sich ihrer bemächtigten, doch dann wurde ihr klar, daß etwas in ihr selbst es war, das sie derart empfinden ließ. Etwas in ihrem Kopf. Der Gedanke an das, was sie getan hatte. Die Fessel ihrer Sünde.

Immer wieder fragte sie sich, ob die Söldner das Dorf schon erreicht haben mochten, und jedesmal hoffte sie, daß den Bewohnern vielleicht Gott, und wenn nicht er, dann der Zufall zur Hilfe kommen würde. Aber sie wußte auch, daß sie sich damit nur selbst belog, und als der Morgen heraufdämmerte, da ahnte sie, daß das Schicksal des Dorfes besiegelt war. Spätestens jetzt würde alles vorüber sein.

Endlich, als der erste Sonnenstrahl ihre Nasenspitzen kitzelte, ergriff Jodokus das Wort. Er begann seine Erzählung, ohne Kriemhild anzusehen, blickte nur verbissen geradeaus, als hoffte er allein dadurch, den Verlauf der Heerstraße zu verkürzen.

»Ich bin kein guter Sänger, fürchte ich, aber auch kein allzu schlechter. Ganz gewiß aber bin ich ein viel besserer Dieb als die meisten anderen meiner Zunft.« Welche Zunft er damit meinte, die der Diebe oder Sänger, ließ er offen; er erwähnte beides, als gehörte das eine ganz selbstverständlich zum anderen.

»Ich werde dir keine meiner Methoden verraten,

du hast auch so schon genug Unheil angerichtet«, fuhr er fort, und Kriemhild schenkte ihm einen vernichtenden Blick. »Sag, hast du je vom Dichtermet gehört?«

Sie überlegte kurz, schüttelte dann den Kopf. »Was soll –«

»Der Dichtermet«, unterbrach er sie rasch, »hat einst den Göttern gehört. Wodan selbst zählte ihn zu seinen teuersten Gütern, bis...« Er verstummte, als sei er sich nicht mehr sicher, ob er wirklich fortfahren solle.

»Bis?« fragte Kriemhild beharrlich.

»Nun«, meinte Jodokus gepreßt, »bis ich ihn gestohlen habe.«

Kriemhild lachte leise. »Natürlich.«

Er wirkte weder beleidigt noch sonderlich überrascht. »Mir ist schon klar, daß du mir nicht glaubst.«

»Dann sind wir uns einig.«

»Willst du die Geschichte trotzdem hören?«

»Haben wir etwas Besseres, um uns die Zeit zu vertreiben?« Bis Würzburg war es noch mindestens ein halber Tagesritt, und vorher mußten sie die Straße verlassen, um die Stadt zu umgehen. Von dort aus würden sie weitere zwei Tage brauchen, um Salomes Zopf zu erreichen. Mit ein paar Geschichten, mochten sie auch noch so versponnen sein, würde die Zeit ein wenig schneller vergehen.

Jodokus schien die Tatsache, daß Kriemhild ihm kein Wort glaubte, nicht zu stören. Mit fester Stimme setzte er seine Erzählung fort. »Es tut nichts zur Sache, wie es mir gelang, an den Dichtermet heranzukommen. Es war nicht einfach, ganz bestimmt nicht, aber, um ehrlich zu sein, auch lange nicht so schwer, wie man vermuten möchte. Fest steht, ich brachte ihn an mich, und die Götter zürnen mir dafür.«

»Warum schicken sie nicht einfach einen Blitz herab, der dich in Asche verwandelt?« fragte Kriemhild schmunzelnd. »Warum fahren nicht die Furien vom Himmel und reißen dich in Stücke?« Sie schüttelte lachend den Kopf. »Komm schon, Jodokus, du mußt überzeugender schwindeln, um mich hereinzulegen.«

»Du bist Christin, nicht wahr?«

»Sicher. Ganz Worms ist christlich.«

»Dann glaubst du nicht an die alten Götter?«

»Ich bin nicht so dumm, sie offen zu verleugnen, wenn du das meinst.« Sie legte den Kopf schräg und überdachte ihre Wortwahl. »Sagen wir, ich kann verstehen, warum die Menschen jahrtausendelang zu ihnen gebetet haben.«

»Viele tun es auch heute noch.«

»Natürlich. Sogar der König zeigt Verständnis dafür, weshalb also sollte ich es nicht tun?«

»Dann weißt du auch, daß die Götter das Spiel

lieben. Denn genau das tun sie: Sie spielen mit mir.«
Er klang plötzlich gar nicht mehr so gelöst wie noch vor wenigen Augenblicken. »Sie wissen, daß ich es war, der ihnen den Dichtermet stahl, und sie lachen mich aus dafür. Ich, Jodokus der Sänger, bin der niederste ihrer Narren, der traurigste ihrer Scherzbolde und das einsamste unter den Wesen der Welt.«

»Du rührst mich zu Tränen.« Was für ein Unfug, dachte sie bei sich. »Erzähl mir lieber vom Dichtermet.«

»Das ist eine andere Geschichte.«

»Jeder gute Erzähler schätzt die Geschichte in der Geschichte, sagt meine Mutter immer.« Die Erinnerung an die Königinmutter Ute tat weh; seit ihrer Flucht aus Worms hatte Kriemhild viel zu selten an sie gedacht, und jetzt fühlte sie sich mit einemmal schuldig deswegen. »Sie sagt, ein gutes Garn besteht wie ein guter Kuchen aus vielen Zutaten, und jede ist eine Geschichte in sich.«

»Deine Mutter ist eine weise Frau.«

»Das muß sie sein.«

»Dann ist sie fraglos auch eine mächtige Frau.«

Kriemhild lachte heiter. »Versuch nicht, mich zu überlisten, Jodokus-der-Dieb-und-Sänger!«

Er schmunzelte und hob abwehrend beide Hände. Dabei ließ er versehentlich die Zügel los, und der lahme Ackergaul wäre beinahe wie ein Wildpferd mit ihm durchgegangen. Kriemhild lachte noch lauter über sein Ungeschick, und als Jodokus das Tier wieder im Griff hatte, fiel er mit in ihr Gelächter ein.

Schließlich aber, nachdem beide sich beruhigt hatten, räusperte sich der Sänger und begann: »Einst schufen die Götter einen weisen Mann, den sie Kvasir nannten. Sie sandten ihn aus, um unter Menschen, Zwergen und Alben Vertrauen und Freundschaft zu säen. Bald schon liebte und schätzte man ihn überall auf der Welt. Allein zwei tückische Zwerge, Galar und Fjalar, wollten Kvasirs Weisheit für sich allein, und so lockten sie ihn in eine Falle, schlugen ihm den Kopf ab und fingen sein Blut in einem Kessel auf. Sie gaben Honig dazu und brauten daraus einen Met, wie es zuvor noch keinen gegeben hatte, denn wer davon trank, der wurde ein Dichter oder Weiser.

Die beiden Zwerge taten vor den Göttern unschuldig, ja, sie berichteten Wodan, Kvasir sei an seiner eigenen Weisheit ertrunken. Der Göttervater mißtraute ihnen, ließ sie aber laufen. Da frohlockten die beiden üblen Kreaturen ob der gelungenen List und prahlten vor ihren finsteren Freunden mit ihrem Verbrechen.

Es vergingen nur wenige Monde, da fühlten Galar und Fjalar sich sicher genug, eine neuerliche Untat zu begehen. Sie luden einen ihrer ältesten Feinde, den Riesen Gilling, zu sich ein und ertränkten ihn im Ozean. Gillings Frau erschlugen sie mit einem Mühlstein. Darüber empfanden die Zwerge solche Freude, daß sie auch dies all ihren Freunden erzählten. Jene aber neideten ihnen den Besitz des Dichtermets und erzählten Suttung, Gillings Sohn, von den Morden. Suttung stürmte sogleich voller Rachsucht zum Haus der Zwerge und quälte sie so lange, bis sie ihm als Wiedergutmachung den Met anboten. Suttung stimmte zu und brachte den Kessel in seinen Berg. Zur Wächterin des Zaubergesöffs bestimmte er seine Tochter Gunnlöd.

Wodan aber erfuhr durch seine treuen Raben vom Handel der Zwerge mit dem Riesensohn, und er beschloß, den Met zurückzugewinnen. Denn wenn es eines gab, das die Götter verhindern wollten, dann war es, daß alle Riesen zu Dichtern und Weisen wurden.

In Gestalt eines stattlichen Mannes machte Wodan sich auf zu Suttungs Berg. Er bohrte ein Loch in den Fels, verwandelte sich in eine Schlange und glitt in die Höhlengemächer des Riesen. Dort suchte er die Kammer, in der Gunnlöd den Kessel bewachte. Wieder zum Mann geworden, schmeichelte er sich bei der Riesentochter ein, es gelang ihm gar, echte Liebe in ihr zu entfachen. Unter Treueschwüren lag er ihr drei Nächte lang bei, dann endlich gestatte sie ihm für jede Nacht einen Schluck aus dem Kessel. Sie wußte nicht, daß sie es mit dem höchsten der Götter zu tun hatte, und wie hätte sie ahnen können, daß er den ganzen Kessel mit nur drei Zügen leertrinken würde? Sodann nahm er die Gestalt eines Adlers an und floh aus der Höhle.

Der Riese Suttung aber, der Vater der betrogenen Wächterin, schlüpfte in sein eigenes Adlerkleid und folgte dem Dieb hinauf in die Wolken. Die beiden lieferten sich eine halsbrecherische Jagd. Wodan hatte schwer an seiner Diebeslast zu tragen und wurde mit jedem Flügelschlag langsamer. Die übrigen Götter sahen ihren Herrn von den Zinnen aus nahen, stellten eilig Töpfe und Schalen im Hof der Götterburg auf und holten ihre Waffen. Wodan aber blieb keine Wahl, als noch außerhalb der Mauern einen Teil des Mets zu Boden zu spucken, und jener Teil ist es, der noch heute den schlechten Reimeschmieden und Wichtigtuern unter den Menschen zugute kommt. Das meiste aber spie Wodan in die Gefäße im Burghof, während die übrigen Götter den Riesenadler mit ihren Spießen und Pfeilen verjagten. So kam es, daß Wodan den Dichtermet zurückgewann, um ausgewählte Menschen davon trinken zu lassen, denn nur so werden Poeten und Gelehrte geboren.

Die Riesen zürnten Wodans Betrug, hatten sie den Met doch als Wiedergutmachung für Gillings Tod erhalten. So kam es, daß sich die Götter die Riesen zu Feinden machten, und ihr Krieg wütet bis heute auf den höchsten Gebirgsspitzen und in den tiefsten Höhlen der Erde.«

Jodokus beendete seinen Bericht mit einer seltsamen Handbewegung, einem angedeuteten Streich über ein unsichtbares Musikinstrument.

Die ganze Zeit über hatte Kriemhild begeistert zugehört, doch als der Sänger zum Ende seines Vortrags kam, traten ihr wieder Zweifel in den Sinn. »Wenn Götter und Riesen ganze Schlachten um den Besitz des Mets geschlagen haben, wie kommt es dann, daß ausgerechnet du ihn stehlen konntest?«

Jodokus tat, als hätte er die Häme in ihrem Tonfall nicht bemerkt. »In diesem Krieg geht es längst nicht mehr um den Met allein. Beide Seiten kämpfen um des Kämpfens willen. Da die Götter nur mit einem Diebstahl durch Riesen rechneten, achteten sie nicht auf die winzigen Lücken in ihrer Verteidigung – viel zu klein für einen Riesen, für mich aber gerade groß genug.«

Kriemhild seufzte. »Du bleibst dabei, nicht wahr? Ganz egal, was ich dagegen einwende.«

»Weil es die Wahrheit ist«, entgegnete er, doch er klang dabei weniger störrisch als stolz.

»Wie du meinst.« Sie hatte nicht vor, mit ihm zu streiten, es hatte ohnehin keinen Zweck. Was immer ihn dazu gebracht hatte, sich solch einen Unsinn auszudenken, würde wohl auf ewig immer sein Geheimnis bleiben. Gut, dachte sie, damit sind die Seiten ausgeglichen. Schließlich hatte sie selbst ein Geheimnis, das es zu hüten galt.

Nachdem sie aber eine Weile lang schweigend weitergeritten waren, der aufsteigenden Sonne entgegen und träumend in ihrem goldenen Schein, konnte Kriemhild eine Frage nicht länger zurückhalten: »Wenn du den Dichtermet wirklich gestohlen hast, sag, wo hast du ihn dann? Haben ihn dir die Dorfbewohner mitsamt deinen übrigen Sachen abgenommen?«

Ein listiges Grinsen zuckte über seine Züge. »Du hältst mich doch nicht etwa für so einfältig, ihnen einen solchen Schatz zu überlassen, oder?«

Aber Kriemhild dachte triumphierend: Aus dieser Schlinge ziehst du deinen Kopf nicht so geschwind.

Jodokus trieb sein Pferd in den Schatten der Bäume am Straßenrand, schaute sich sichernd nach allen Seiten um und zügelte sein Pferd. »Du glaubst mir noch immer nicht? Na schön, dann sieh her.«

Vor Kriemhilds fassungslosen Augen streifte er sein Wams über den Kopf und präsentierte ihr seinen nackten Oberkörper. Er war nicht allzu kräftig, eher drahtig als muskulös. Mehrere Lederbänder lagen um seine Brust, und als er ihr lächelnd den Rücken zukehrte, erkannte sie, daß der vermeintliche Buckel nichts anderes war als ein lederner

Weinschlauch, leicht gebogen und durch die festgezurrten Bänder der Form des Rückens angepaßt.

Kriemhild konnte nicht anders: Sie lehnte sich im Sattel zurück und lachte, schüttelte sich aus vor schallendem Gelächter. »Du bist wirklich verrückt, Jodokus Meträuber!« Er fuhr herum und funkelte sie verwirrt und zornig an. Doch Kriemhild gelang es nicht, ihr Lachen zu bezwingen. Schniefend und mit Tränen in den Augen meinte sie: »Du behauptest, da drin sei der Dichtermet der Götter? *Da drin?* Du liebe Zeit...«

Wütend beeilte er sich, seinen Schatz wieder unter dem Wams in Sicherheit zu bringen. »Ich glaube nicht, daß ich deinen Hohn verdient habe!«

Sie fuhr sich mit dem Handrücken über die Augen. »Verzeih mir«, stammelte sie und kämpfte einen neuerlichen Heiterkeitsanfall nieder. »Ich wollte dich nicht verletzen, wirklich nicht. Aber wie soll ich dir glauben, daß du Wodans Met allen Ernstes in einem gewöhnlichen Lederschlauch spazierenträgst? Das ist einfach zu –« Und wieder gingen ihre Worte in unterdrücktem Gelächter unter.

Jodokus lenkte sein Pferd vergrätzt zurück auf die Straße und setzte die Reise fort. »Lach du nur. Mach dich lustig über mich, solange es dir gefällt. Ich weiß sehr gut, was ich getan habe, und ich brauche keine Bestätigung von einer wie dir!«

Sie hieb ihrem Gaul die Hacken in die Flanken, bis sie und der Sänger wieder auf einer Höhe ritten. »Hast du davon getrunken?« fragte sie und blickte ihn von der Seite an.

Jodokus starrte beleidigt geradeaus. »Was geht dich das an?«

»Du müßtest der beste Sänger weit und breit sein, hättest du den Dichtermet gekostet.«

»Und?«

»Beweis es mir!«

Sein Kopf zuckte, als er sich zu ihr umwenden wollte; dann aber fiel ihm ein, daß er noch immer eingeschnappt war, und würdigte sie mit keinem Blick. »Ich habe es nicht nötig, dir irgend etwas zu beweisen.«

»Natürlich nicht«, gab sie zurück. »Aber was für ein Sänger bist denn du, wenn du nicht singst, wenn dich eine Dame darum bittet?«

»Ich werde nicht für jemanden singen, der meine Kunst nicht zu würdigen weiß.« Pikiert fügte er hinzu: »Außerdem, wer beweist mir denn, daß du eine Dame bist?«

»Du selbst hast es gesagt.«

»Auch Sänger täuschen sich.«

So ging es weiter, den ganzen Vormittag über. Sie hänselten und stritten sich, mal verspielt, mal wirklich zornig, und doch gewann keiner die Oberhand. Jodokus sang keine einzige Zeile, und Kriemhild verriet ihm nichts von ihrer Herkunft. Am Ende, als beiden die Argumente ausgingen, kamen sie überein, daß ihr Streit im großen und ganzen ein Zeitvertreib gewesen sei und man ihn als solchen abtun solle; sie bekräftigten diesen Beschluß mit einem Handschlag und lautem Gelächter.

Hätte jemand sie so dahinziehen sehen, kichernd und scherzend auf der Straße durchs Land der Toten, so hätte er sie vielleicht für verrückt gehalten – vielleicht aber auch nur für zwei junge Leute, die das Leid, das sie umgab, nicht wahrhaben wollten und mit ihren eigenen niederen Nöten überspielten.

Wie hätte der Wanderer, der sie aus der Ferne sah, auch ahnen können, daß diese Nöte weder klein noch allein ihre eigenen waren?

»Was ist das?«

Jodokus Stimme riß Kriemhild aus dem eintönigen Trott, der sich von ihrem Pferd auf sie selbst übertragen hatte.

»Hm?« Sie schaute sich verwundert um. »Was meinst du?«

Der Junge zerrte an den Zügeln. »Horch! Hörst du es nicht?«

Sie hatten die Straße eine Weile zuvor verlassen und waren in südliche Richtung eingeschwenkt, um Würzburg in weitem Bogen zu umgehen. Der Pfad, auf dem sie sich bewegten, war kaum mehr als solcher zu bezeichnen: ein natürlicher Hohlweg zwischen dichten, weit vornübergebeugten Buchen und Eichenbäumen, ein dunkelgrüner Tunnel, den ein verworrenes Geflecht aus Wurzelsträngen überwucherte. Die Pferde hatten Mühe, zwischen den steinharten Ranken Raum für ihre Hufe zu finden, und Kriemhild betete in Gedanken zu Gott, daß sich keines der Tiere die Läufe brach. Wenn sie eines vermeiden wollte, dann war es, mit Jodokus im selben Sattel sitzen zu müssen.

»Was sollte ich denn hören?«

Jodokus' Blick war in die Richtung gewandt, aus der sie gekommen waren – offenbar ertönten die Geräusche, die er zu hören glaubte, von hinten. Als er wieder herumfuhr, waren seine Augen geweitet, sein Gesicht aschfahl. »Komm!« zischte er Kriemhild zu. »Wir müssen runter von diesem Weg.«

Sie hätte gerne gewußt, was ihn so verstört hatte, und die Ungewißheit verstärkte nur das unheilvolle Rumoren in ihrem Bauch. Seine Geheimnistuerei ärgerte sie, aber mehr noch steckte sie seine Furcht an, und sie spürte unwillkürlich, daß dies nicht der richtige Zeitpunkt war, seine fehlende Mitteilsamkeit zu bemängeln.

Kriemhild trieb ihr Pferd zur Eile, wußte aber zugleich, daß sie kaum schneller als bisher vorankommen würden. Das Wurzelgeflecht war gar zu hinderlich, und die Seiten des Hohlwegs zu verfilzt und verwoben, als daß sie nach rechts oder links hätten ausweichen können. Sie hatten keine andere Wahl, als weiter geradeaus zu reiten, ganz gleich, was sich ihnen von hinten nähern mochte.

»Beeil dich!« preßte Jodokus hervor, der auf Armlänge hinter ihr ritt.

Sie verzichtete auf eine Erwiderung und blickte starr nach vorne. Irgendwo in der Ferne schwebte ein grauer Fleck, das Ende des Hohlwegs. Noch mindestens zweihundert Schritte.

Einmal schaute sie kurz über ihre Schulter nach hinten, doch alles, was sie sah, war Jodokus' gehetztes Gesicht über der strähnigen Mähne seines Pferdes; sein Körper verwehrte jede Sicht auf das, was sich hinter ihm befinden mochte, und insgeheim war Kriemhild froh darüber. Der Junge, der angeblich den Tod nicht fürchtete, sah aus, als säße ihm der Leibhaftige selbst im Nacken.

Holpernd stürmten die Pferde den Weg entlang, drohten im dichten Netzwerk der Wurzelstränge steckenzubleiben, stolperten und scheuten. Immer wieder stieß Jodokus Rufe aus, um die Tiere anzutreiben, doch alles, was sie bewirkten, war, daß

Kriemhilds Sorge ins Unermeßliche wuchs. Sie versuchte, über das Chaos der hämmernden Hufe, das Pferdewiehern und Gebrüll des Sängers etwas zu hören, das auf die Natur ihrer Verfolger schließen ließ, doch ihre Mühen waren vergeblich. Ebensogut hätten sie vor leerer Luft davonlaufen können.

Da kam Kriemhild ein Gedanke: Was, wenn es genau das war? Wenn sie vor Luft, vor nichts, vor einem Hirngespinst flohen? Etwas, das nur im Kopf des Sängers existierte? So wie der Dichtermet, so wie die Götter, die ihn angeblich verfolgten?

Kriemhild traf Hals über Kopf eine Entscheidung. Mit einem Ruck riß sie an den Zügeln und brachte ihr Pferd zum Stehen. Mit verkrampften Fingern machte sie sich bereit für den Aufprall, falls Jodokus' Roß gegen das ihre preschen würde.

Doch der Zusammenstoß blieb aus. Die beiden Pferde hatten zu lange gemeinsam auf einer Weide gestanden, zu oft den selben Karren gezogen. In jenem Augenblick, da das vordere stehenblieb, tat das hintere dasgleiche, egal wie laut Jodokus fluchen mochte.

Kriemhild wandte sich atemlos um und blickte hinter sich. Der Sänger starrte sie an, als wollte er ihr mit bloßen Händen die Kehle zerfleischen.

»Was tust du?« kreischte er fassungslos.

Sie nahm all ihre Kraft zusammen und sagte: »Ich bleibe stehen, das siehst du doch.«

Seine Augen ruckten herum, schauten zurück. Kriemhild ließ ihr Pferd einen Schritt zur Seite treten und blickte an Jodokus vorbei zum hinteren Ende des Hohlwegs.

Da war nichts. Nur Dunkelheit, die Schatten der Bäume und das Dämmerlicht, das spärlich durchs Blätterdach fiel. Eine felsenschwere Last wich von Kriemhilds Herzen.

Jodokus aber war keineswegs erleichtert. Im Gegenteil: Seine Panik schraubte sich höher und höher.

»Weiter!« kommandierte er mit überschnappender Stimme. »Wir müssen weiter!« Und schon drängte er sein Pferd an ihr vorbei und hieb ihm die Fersen mit so viel Kraft in die Seiten, daß es sich schmerzerfüllt aufbäumte.

»Jodokus!« schrie sie ihn an. »Jodokus, komm zu dir!«

»Ich...«

»Da ist niemand!« Sie streckte die Hand aus, als wollte sie nach ihm greifen, obwohl er längst einige Schritte entfernt war. »Wir sind allein. Es ist niemand hier. Was immer du gehört hast, es war nicht wirklich.«

»Nicht wirklich?« Er zügelte sein Pferd und wandte sich im Sattel herum. In seinen Augen loderte etwas, das Wahnsinn gefährlich nahekam. »Nicht... wirklich?« stammelte er noch einmal.

»Nein, Jodokus. Es gibt keine Gefahr. Nicht hier.«

Ein irres Lachen flackerte wie der Widerschein eines Scheiterhaufens über seine Züge. »Du weißt ja nicht, wovon du sprichst. Nichts weißt du!«

»Sind es die Götter, Jodokus? Glaubst du wirklich, sie wären hinter dir her? Jetzt, in diesem Augenblick?«

Er schüttelte den Kopf. »Ich bleibe nicht hier. Komm mit mir oder laß es, aber ich bleibe nicht!«

Sie ahnte, daß ihr die Argumente ausgehen würden, wenn er sich auf das eine, das einzige nicht einließ. Dennoch versuchte sie es erneut: »Auf diesem Weg, in diesem ganzen Wald ist niemand! Keiner will uns etwas Böses antun! Herrgott, schau doch hin – es ist niemand zu sehen!«

Zu ihrem Erstaunen verharrte er einen Moment lang wie versteinert, dann verzogen sich seine Mundwinkel zu einem bösen Grinsen. »Niemand zu sehen«, wiederholte er ihre Worte. »Natürlich nicht. Aber ich höre sie, begreifst du? Ich kann sie hören!«

Und als wollte die Natur seine Worte unterstreichen, ging plötzlich ein Beben durch die laue Luft der Abenddämmerung. Tatsächlich war es nichts, das man mit menschlichen Augen hätte wahrnehmen können. Kriemhild spürte es nur, sie fühlte, wie etwas in ihrem Inneren in Regung geriet, zu zittern begann, Alarm schlug wie eine Glocke auf dem höchsten Turm einer Fluchtburg.

Dann hörte sie es. Hörte endlich, war Jodokus meinte.

Zuerst klang es wie ferner Donner, die ersten Vorboten eines Sommergewitters. Dann wurde es lauter, rasend schnell, als triebe etwas die Wolken mit gewaltigen Schwingen über den Himmel, triebe sie genau auf den Hohlweg zu, erst unbestimmt aus allen Richtungen zugleich, dann von hinten, von dort, woher sie gekommen waren.

Jodokus hatte recht.

Der Sänger schrie gequält auf, als hätte ihn ein Schwertstreich getroffen. Sein Gesicht verzerrte sich vollends zur Grimasse, dann trat er erneut auf sein Pferd ein. Diesmal gehorchte es, fast so als spüre es selbst, daß etwas näher kam, das sie alle vernichten würde.

Kriemhild starrte zum hinteren Ende des Hohlwegs, erschüttert und wie versteinert. Noch immer war nichts zu sehen. Aber sie konnte es doch hören! Hörte doch, wie es auf sie zuraste, viel zu schnell, als daß irgendwer ihm hätte entkommen können. Jodokus' Flucht war so lächerlich wie zwecklos. Es hatte ihn längst in seiner Gewalt, ihn und Kriemhild und jeden anderen, den es fangen, packen, zermalmen wollte. Längst war ihnen jede freie Entscheidung, jede Wahl, jede Hoffnung genommen worden. Es kam näher, und es würde sie einholen. Bald schon, gleich –

Jetzt.

Es war kein Donner – es waren Pferdehufe! Lauter als alles, was Kriemhild je vernommen hatte. Hufe so dröhnend, als würden sie über Holzbohlen trampeln, nur unendlich kraftvoller, als trügen sie ihr eigenes Echo in sich, das wieder und wieder und wieder ertönte. Sie kamen von Norden, sprengten auf sie zu, aber nicht durch den Hohlweg, sondern *über ihn hinweg*. Kriemhild preßte beide Hände auf die Ohren, kniff die Augen zusammen und schrie vor Pein. Ihr Kopf drohte auseinanderzubrechen, zu platzen wie eine reife Frucht in der Sommerhitze. Unter ihr verschwanden Sattel und Pferd, als das Tier sich aufbäumte, auf die Hinterbeine stieg und sie abwarf. Mit dem Rücken krachte Kriemhild auf die harten Wurzelstränge, doch dieser Schmerz war nichts verglichen mit dem in ihrem Schädel.

Und immer noch waren die Hufe nicht gänzlich herangekommen, immer noch wurden sie lauter, mächtiger, vernichtender. Das Blätterdach über dem Hohlweg vibrierte wie eine Brücke unter dem Aufmarsch einer Armee. Die Bewegung raste auf sie zu, erst fern, dann nah, dann über ihnen. Zweige und armdicke Äste regneten herab, schlugen rechts und links am Boden auf. Eine Astgabel traf Kriemhilds Pferd am Kopf, es stellte sich zum zweiten Mal auf und ging gleich darauf durch. In einem Wirbel aus Grau und Weiß und Dämmerlicht stob es davon, verschwand blitzartig wie Treibholz inmitten eines Wasserstrudels.

Kriemhild wälzte sich am Boden, blind und gefühllos, nur noch Gehör, eine einzige verletzliche Membran, die unter machtvollen Paukenschlägen erbebte.

Aber was immer es auch war, es tötete sie nicht.

Irgendwie gelang es ihr, sich auf die Füße zu stemmen, ungeachtet des ohrenbetäubenden Lärms und der prasselnden Zweige. Wenige Schritte vor ihr wälzte sich Jodokus am Boden. Sein Pferd war ebenso wie ihr eigenes am Ende des Hohlwegs verschwunden. Kriemhild brüllte seinen Namen, zerrte an seinen Armen, und schließlich schlug er die Augen auf und blickte sie an. Der Schmerz darin entsetzte sie. Es war der stumme Aufschrei einer geschundenen Seele, die viel zu lange schon von etwas gequält wurde, das sie nicht wirklich erfassen konnte.

»Wir müssen hier weg!«

Der Sänger schüttelte hastig den Kopf. »Zu spät!« formten seine Lippen, aber kaum ein Laut drang hervor.

Kriemhild packte ihn, riß ihn mit aller Kraft auf die Beine. Stolperte mit ihm vorwärts, durch einen

Regen aus Holz und Laub. Immer wieder verhakten sich ihre Füße in den Wurzelsträngen, immer wieder brach Jodokus in die Knie, um von Kriemhild weitergezerrt zu werden. Das Ende des Hohlwegs kam näher, doch mittlerweile war es auch dort kaum noch heller.

Einmal schaute Kriemhild sich um und sah, daß sich das Getöse in ihrem Rücken legte, daß sich das Blätterdach hinter ihnen beruhigte und keine weiteren Zweige zu Boden fielen. Doch als sie stehenblieb, um das monströse Hufgetrampel über ihren Köpfen vorbeiziehen zu lassen, verharrten Lärm und Erschütterung mit ihnen. Noch immer konnte sie nicht erkennen, was es war, daß dort oben über den Baumkronen tobte. Es war schier unmöglich, den Blick hinauf zu wenden, ohne das ihr Splitter und Rinde in die Augen drangen.

Weiter rannten sie, schneller noch und dennoch ohne Hoffnung. Das Ende des Weges tat sich vor ihnen auf wie der Ausgang einer Höhle. Sie stolperten auf eine Lichtung, keine fünfzig Schritte im Durchmesser, an deren Südseite mehrere Hütten standen. Dahinter, tiefer im Wald, erkannte Kriemhild weitere Bauten, von denen einige die Baumstämme als Eckpfosten nutzten.

Jodokus stürzte zu Boden, mitten in kniehohes Gras, immer noch erwärmt vom vergangenen Sonnenschein des Tages. Über ihnen, am dunkelblauen

Abendhimmel, stand eine feine, aber ungewöhnlich grelle Mondsichel. Kriemhild wollte den Sänger auf die Füße ziehen, doch er lag schwer wie ein Fels am Boden, völlig erschöpft.

Sie wirbelte herum und blickte zu den Wipfeln der Bäume empor, die sich zum Laubdach des Hohlwegs vereinten. Was immer sie erwartet hatte – sie wurde enttäuscht. Das Chaos hatte schlagartig aufgehört, nur ein sanfter Abendwind strich durch die Äste und Blätter, erfüllte die Lichtung mit gespenstischem Flüstern. Dort oben war nichts mehr, keine dämonischen Pferde mit brennenden Hufen, keine riesenhaften Walküren in göttlichem Rüstzeug. Nichts, das irgendwie ungewöhnlich war. Nur der Himmel, der Mond und ein paar schimmernde Sterne.

Kriemhild fiel auf die Knie, stützte sich mit beiden Händen auf und atmete keuchend ein und aus. Sie hatte das Gefühl, sich übergeben zu müssen, doch ihr Magen war leer. Nur ihr Mund wurde von einem sauren, widerwärtigen Geschmack ausgefüllt. Voller Abscheu spuckte sie ins Gras, aber der Geschmack blieb. Es wurde Zeit, daß sie etwas zu Essen bekam, keine Beeren, wie seit ihrer Flucht aus Worms, sondern etwas Vernünftiges, Fleisch vielleicht, zumindest ein wenig Gemüse.

Irgendwann, sie wußte nicht, wieviel Zeit vergangen war, hob sie den Kopf und sah Jodokus ins

Gesicht. Er starrte unverwandt in die Höhe, mit großen, dunklen Augen, als stünden die Antworten auf alle seine Fragen am rabenschwarzen Himmel geschrieben.

Kriemhild kroch auf ihn zu und legte eine Hand auf seine Stirn. Sie erwartete, daß er fieberte, doch seine Haut war so kalt, daß sie erschrocken die Finger zurückzog. Seine Augen bewegten sich von rechts nach links und wieder zurück, doch als Kriemhild zögernd seinen Blicken folgte, sah sie über sich nichts als Leere.

»Was war das?« fragte sie leise. »Du weißt es doch, nicht wahr?«

Seine Lippen bebten. Es sah aus, als versuchte er zu sprechen, brachte aber keinen Ton heraus. Doch dann erklang seine Stimme, und sie war klar und hell und ohne jede Spur von Erschöpfung.

»Warum soll ich dir eine Antwort darauf geben«, sagte er, ohne sie anzuschauen, »wenn du mir doch nicht glauben wirst.«

Ihre Haare hatten sich wieder gelöst und hingen wie goldene Vorhänge zu beiden Seiten ihres Gesichts herab, berührten sanft seine Wangen. Mit bebenden Fingern strich Kriemhild sie zurück.

Ihre Blicke kreuzten sich, und plötzlich lächelte er. »Angst?«

Entgeistert starrte sie ihn an. »Angst? Lieber Himmel, ich habe gedacht –«

»Das meine ich nicht. Hast du Angst vor mir?«

Eine Weile länger blickte sie auf ihn herab, schweigend, staunend, dann mit einem Kopfschütteln. Sie gab sich einen Ruck und stand auf. »Nein«, sagte sie dann und blickte über ihn hinweg zu den Hütten am Rand der Lichtung. »Sollte ich denn?«

Er zog die Knie an und stemmte sich nach oben. Er schwankte leicht, als er auf den Füßen stand, aber wenn er gedacht hatte, Kriemhild würde sogleich herbeispringen und ihn stützen, so hatte er sich getäuscht.

»Ich habe Angst vor mir selbst«, sagte er so leise, daß die Worte kaum zu hören waren.

Kriemhild lächelte fahrig. »Und ich dachte schon, du kennst wirklich keine Angst.«

Er schüttelte den Kopf, sagte aber nichts darauf.

»Also«, meinte sie, »was ist vorhin geschehen?«

»Ich habe nicht mehr gesehen als du.«

»Eher weniger, würde ich sagen. Du hast am Boden gelegen und dir die Augen zugehalten.« Die Bemerkung tat ihr gleich darauf leid. Es war gemein, sich über seine Furcht lustig zu machen. Aber was tat er auch so geheimnisvoll?

»Vielleicht sollten wir uns trennen«, sagte er bedrückt. »Es ist gefährlich, an meiner Seite zu reisen.«

»Es ist gefährlich, mir zu Salomes Zopf zu folgen«, entgegnete sie.

»Was willst du dort überhaupt?«

»Später«, sagte sie. »Erst sagst du mir, was du weißt.«

Er seufzte, trat neben sie und betrachtete die Hütten. »Ich habe dir gesagt, was es ist, das mir folgt.«

»Ja«, bemerkte sie spitz, »die Götter.« Sie machte einen halben Schritt um ihn herum und baute sich mit den Händen an den Hüften vor ihm auf. Ihre Brauen waren zwei steile, dunkle Striche. »Ich will die Wahrheit wissen.«

»Es ist die Wahrheit.« Damit ließ er sie stehen und ging langsam auf die Ansiedlung am Waldrand zu. Niemand zeigte sich. Mittlerweile war es zu dunkel, um jenseits der vorderen Hüttenreihe noch etwas zu erkennen. Nirgendwo brannte ein Feuer, nicht einmal Kerzen.

Kriemhild blickte ihm fassungslos nach, dann setzte sie sich in Bewegung, um aufzuholen. Plötzlich fiel ihr etwas ein. »Wir müssen die Pferde suchen!«

»Vergiß die Pferde.«

»Aber –«

»Sie sind fort«, unterbrach er sie barsch. »Wir werden sie nicht finden. Das gehört zum Spiel.«

»Zum Spiel, zum Spiel«, ahmte sie ihn verärgert nach. »Sag mir endlich –«

Er fuhr ruckartig herum, noch bevor er die äußeren Hütten erreichte. »Sie spielen mit mir. Oder um mich. Weiß der Teufel nach welchen Regeln. Sie jagen mich, sie zerbrechen mich, aber sie tun mir nichts zuleide. Noch nicht.«

Da war etwas in seinen Augen, das sie zum ersten Mal zaudern ließ. Und wenn das, was er sagte, doch die Wahrheit war? Oder wenigstens ein Teil der Wahrheit? Wenn er wirklich verfolgt wurde, von wem auch immer?

»Gut«, sagte sie fest, und hoffte, daß es das Richtige war, »ich glaube dir. Ein wenig, zumindest.«

Er verzog das Gesicht zu einer Grimasse, die deutlich machte, daß er ihren Worten nicht traute. »Tu, was du willst. Aber du solltest nicht dort im Freien herumstehen. Es wird gleich von neuem losgehen.«

Kriemhilds Körper versteifte sich. Ein Stein schien von ihrer Brust hinab in den Magen zu sakken. »Sie kommen wieder?« preßte sie tonlos hervor.

Er nickte ungerührt. »So ist es jedesmal. Auf jeden Zug folgt ein Gegenzug.«

Jetzt beeilte sie sich, mit weiten Schritten an seine Seite zu gelangen. »Gegenzug?« Sie packte seine Schulter und zog ihn herum. »Sie hätten uns doch vorhin schon töten können, wenn sie es gewollt hätten.« Wer immer sie waren, fügte sie im stillen hinzu.

»Sie sind vertrieben worden.«

»Von wem?«

»Von einem der Gegenspieler.«

Ganz allmählich begann sie zu begreifen. »Du willst damit sagen, daß es –«

»Mehrere Spieler gibt, ganz genau. Stell es dir vor wie eine Reihe von Leuten, die rund um eine Arena sitzen. Am Boden der Arena läuft eine kleine Maus umher, kreuz und quer, in Panik. Und jeder, der auf den Rängen sitzt, gebietet über eine Katze. Alle Katzen werden zugleich in die Arena gelassen. Keine gönnt der anderen die Maus. Immer, wenn eine Katze der Maus zu nahe kommt, vielleicht schon mit den Krallen nach ihr ausholt, kommt eine zweite Katze heran und verjagt die erste. Dann setzt die zweite Katze zum Schlag an, und vielleicht wird sie die Maus erwischen, vielleicht aber wird auch sie selbst in die Flucht geschlagen, und eine dritte Katze nimmt ihren Platz ein. Der, dessen Katze die Maus am Ende frißt, ist der Sieger.«

»Die Maus bist du«, flüsterte Kriemhild und schauderte, nicht sicher, ob das, was er sagte, ihr solche Furcht einjagte, oder vielmehr das wirre Flackern in seinen Augen. »Und die Wesen auf den Rängen sind ... Götter?« Sie lachte auf, nahe an einer Hysterie; sie fand, daß sie schon genauso wahnsinnig klang wie Jodokus. »Das ist das Verrückteste, das ich in meinem ganzen Leben gehört habe.«

Er rümpfte verächtlich die Nase. »Wie verrückt sind denn die Dinge, die einem wohlbehüteten Fräulein wie dir hinter seinen Turmmauern und Seidenschleiern zu Ohren kommen?«

Sie ließ sich auf keinen weiteren Streit mit ihm ein. Der Schrecken über das, was ihnen bevorstehen mochte, saß viel zu tief, als daß sie seine kindischen Sticheleien noch hätte ernstnehmen können.

»Was können wir tun?« fragte sie mit schwankender Stimme.

»Erst einmal müssen wir von dieser Lichtung verschwinden.«

»Aber wenn es tatsächlich Götter sind, die es auf dich abgesehen haben, wird sie ein Hüttendach oder ein Baum kaum aufhalten.«

»Nein«, gab er kühl zurück. »Aber ein Dach oder Baum gibt mir zumindest das *Gefühl*, ein wenig sicherer zu sein.«

Damit trat er an die erste Hütte und blickte durch ein offenes Fenster hinein.

Kriemhild ging derweil zu einem anderen Gebäude, klopfte an die Tür und erhielt keine Antwort.

»Niemand da!« rief Jodokus ihr zu. »Ich wette, die Hütten sind alle leer.«

Er deutete mit ausgestrecktem Arm auf etwas, das sich am Rande der Ansiedlung befand und bislang von Bauten verdeckt worden war. In der Finsternis vermochte Kriemhild dort nicht mehr als eine große dunkle Form auszumachen, vielleicht ein weiteres Gebäude oder...

»Ein Totenfeuer«, sagte Jodokus. »Dort haben sie ihre Kranken verbrannt. Der Rest ist wahrscheinlich nach Westen geflohen.«

Kriemhild ging langsam auf den unförmigen Umriß zu und bemerkte im Näherkommen einen durchdringenden, widerlichen Geruch, stärker noch als der Verwesungsgestank, der ihr seit dem Gasthaus zu folgen schien. Zugleich entdeckte sie zwischen verkohltem Holz und Asche die Überreste menschlicher Körper. Ausgeglühte Rippenkäfige, Arm- und Beinknochen, dazwischen einige Schädel. Der Totenberg überragte sie um Haupteslänge.

Angeekelt wandte sie sich ab. »Wir werden uns die Pest holen, wenn wir länger hier bleiben«.

Jodokus hob im Dunkeln die Schultern. »Ich werde nicht krank.«

Ihr Tonfall klang viel bitterer, als sie beabsichtigt hatte: »Ihr Spielzeug ist den Göttern zu wichtig, um es an der Seuche verrecken zu lassen, nicht wahr?«

»Nicht zu wichtig. Zu amüsant.«

Kriemhild beeilte sich, zur anderen Seite der Ansiedlung zu laufen, dort, wo die Hütten zwischen die Stämme des Waldes gebaut waren. Bevor sie unter das raschelnde Blätterdach trat, schaute sie noch einmal zum Himmel empor. Keine Spur von göttlichen Todesengeln. Vielleicht war das, was ihnen im Hohlweg begegnet war, doch nichts weiter als eine kräftige Windhose gewesen. Der Ausläufer eines Sturms, vielleicht.

»Ohne Pferde werden wir Salomes Zopf niemals erreichen«, murmelte sie.

Jodokus war nahe genug, um die Worte zu hören. »Warum hast du es so eilig, dorthin zu kommen? Salomes Zopf ist ein schlechter Ort. Nichts für ein Edelfräulein wie dich.«

»Hör schon auf damit!« fuhr sie ihn zornig an. »Ich weiß, daß du nichts von mir hältst, nur weil ich ein Eßbesteck benutzen kann und mir von Zeit zu Zeit die Haare bürste. Mir soll's recht sein. Aber es ist wirklich nicht nötig, mir deine Meinung ständig um die Ohren zu hauen.«

Einen Augenblick wirkte er betroffen. »Ich wollte dir nicht weh tun.«

»Dann halt endlich den Mund.«

Er sah sie in der Finsternis an, aber sie konnte kaum mehr als seine Silhouette vor dem blassen Schein der Lichtung erkennen. »Wirst du mir trotzdem von Salomes Zopf erzählen?«

Während sie tiefer in den Wald hineingingen und kaum mehr die Hand vor Augen sehen konnten, sagte Kriemhild: »Salomes Zopf ist eine Bergkette östlich von hier.«

»Ich weiß. Man erzählt sich üble Geschichten darüber. Was aber hast du dort zu suchen?«

»Die alte Berenike lebt dort. Ich muß mit ihr sprechen.«

Sogar im Nachtdunkel bemerkte sie, wie er zusammenfuhr. »Die Erzhexe? Du willst freiwillig mit der Erzhexe sprechen?«

»Ja.«

»Niemand weiß, ob sie wirklich existiert.«

»Ich schon.«

»Woher solltest du das wohl wissen?«

»Fang nicht schon wieder damit an.«

»Nein, im Ernst: Woher weißt du, daß sie mehr ist als ein Schreckgespenst, mit dem Mütter ihren Kindern drohen?«

»Ich hab sie gesehen.«

Das verschlug ihm die Sprache, und so setzte sie möglichst gelassen hinzu: »Und ich habe schon einmal mit ihr gesprochen.«

Tatsächlich war die ehrwürdige Berenike vor wenigen Jahren zu Gast im Wormser Königsschloß gewesen – entgegen erheblicher Einwände der Priesterschaft und aller Würdenträger. Berenike selbst hatte Kriemhild erklärt, daß ihr das Bild, das die Menschen von ihr hatten, äußerst genehm sei; denn, so hatte sie kichernd verkündet, auf diese Weise falle niemandem ein, ihren Frieden zu stören.

In der Tat war es so, daß alle Welt es vermied, in die Nähe von Salomes Zopf zu geraten. Selbst die fahrenden Händler, immer auf den schnellsten Weg bedacht, machten einen weiten Bogen um die Berge. Allein der Name der Hexe löste bei den meisten haltloses Grauen aus.

Nach Worms war sie auf Einladung der Königinmutter Ute gekommen, gegen den ausdrücklichen Wunsch Gunthers und seiner Berater. Die meisten hatten Utes Ansinnen nicht allzu ernst genommen, da sie die Hexe ohnehin für eine Legende hielten. Doch den wenigen, die es besser wußten, sträubten sich die Haare bei dem Gedanken, sie in der Nähe der Krone zu wissen.

Aber Ute war eine eigenwillige Frau und ihr Einfluß auf Gunther nicht zu unterschätzen. Auch war sie manch Übersinnlichem sehr zugetan, vor allem aber der Macht der Träume, und Berenike galt als eine, die jeden Traum zu deuten wußte. Utes Wunsch war es, von ihr zu lernen, und sie vertraute darauf, daß nicht einmal die sagenumwobene Erzhexe eine Einladung an den königlichen Hof ausschlagen würde.

Tatsächlich sollte Ute recht behalten. An einem eisigen Wintermorgen, als der Schnee so hoch lag, daß kein Reiter sich ins Freie wagte, stand die Hexe plötzlich vor dem Tor, ganz allein, nur auf einen Stab gebeugt, wie aus dem Nichts erschienen. (Ein

Wachmann verfolgte ihre Fußabdrücke im Schnee bis zurück zum Rheinufer, was ein Erscheinen auf magischem Wege widerlegte. Offen blieb allerdings, wie sie ohne Boot die eiskalten Fluten überquert hatte.)

Manche munkelten, Berenike unterhielte in einem unwegsamen Tal von Salomes Zopf eine Hexenschule, wo sie junge Mädchen zu Gespielinnen Beelzebubs heranzog. Das war wohl einer der Hauptgründe, weshalb König Gunther seiner Schwester Kriemhild jedes Gespräch mit der Hexe verboten hatte. Nicht einmal Ute vermochte dagegen Einwände zu erheben.

Natürlich gelang es Kriemhild dennoch, Berenike zu begegnen. Die zahllosen Gerüchte, die durch die Flure des Schlosses geisterten, hatten sie neugierig gemacht. Und so schlich sie in einer Nacht aus ihrer Kammer, um Berenikes Gastgemach aufzusuchen. Als sie eintrat, schien es, als hätte die Erzhexe sie bereits erwartet.

Kriemhild erzählte ihr von einem Traum, den sie gehabt hatte. Darin regnete es Feuer vom Himmel über dem Schloß, und alle Welt lag krank und darbend darnieder.

»Hast du oft solche Träume?« fragte die Alte. Sie trug ein weites Gewand aus schillernden Stoffen, gänzlich formlos, so daß ihr Körper darunter verborgen blieb. Fremdartige Muster waren sichelförmig über ihrer Brust eingestickt. Magische Runen, vermutete Kriemhild und war beeindruckt.

»Ich träume jede Nacht«, gestand Kriemhild. »Oft träumt mir von einem prachtvollen Falken, den ich voller Liebe heranziehe wie mein eigen Fleisch und Blut. Er steigt hoch in den Himmel hinauf und zieht dort seine Kreise. Aber nach einer Weile ist er plötzlich verschwunden, und statt seiner sitzen zwei weiße Adler auf den Spitzen des Münsters und blicken zu mir herab.«

»Haben sie den Falken getötet?«

»Ich weiß es nicht. Es ist, als ob ein Stück des Traumes fehlt. Etwas Wichtiges.«

Berenike lächelte gütig. »Es wird sich finden, glaube mir. Wenn die rechte Zeit gekommen ist, wirst du die Wahrheit über den Falken und die Adler erfahren.«

Kriemhild, die nicht oft über derlei Dinge nachgedacht hatte, zuckte mit den Schultern. »Was aber ist mit meinem anderen Traum?«

Berenike ließ sich mit einem leisen Ächzen auf dem Rand ihrer Bettstatt nieder, doch der Laut wirkte falsch, als wolle sie ihre Erschöpfung nur vortäuschen. »Beschreib mir genau das Feuer, das vom Himmel regnet.«

»Es ist bunt. Anders als bei einem Brand.« Das Dach eines Burgturms hatte einmal in Flammen gestanden, und Kriemhild hatte angstvoll, aber auch fasziniert von ihrem Fenster aus zugesehen, wie der Brand gelöscht worden war. Auch damals waren Funken in den Himmel gestiegen und mit dünnen schwarzen Rauchfahnen wieder zu Boden gesunken. Doch das Feuer in ihrem Traum war anders gewesen. »Es sprüht wie eine Quelle und strahlt wie tausend große Sterne. Manchmal prasselt es wie ein Wasserfall darnieder, und manchmal verhält es beinahe reglos zwischen den Wolken, um sich im nächsten Moment in Luft aufzulösen.«

»Ein Zeichen«, sagte die Hexe nickend, »ganz gewiß.« Sie dachte einen Augenblick lang nach oder tat zumindest so. Bei ihr konnte man nie sicher sein, was wirklich und was schnöder Schein war, heraufbeschworen um ihrer eigenen, rätselhaften Ziele willen. »Und du sagst, du siehst Krankheit und Tod in deinem Traum?«

Kriemhild schüttelte den Kopf. »Ich sehe sie nicht, aber ich kann sie fühlen.« Sie hatte Mühe, ihre Empfindungen in Worte zu kleiden, doch Berenike schien sie auch so zu verstehen.

»Ich habe den Eindruck«, sagte die Alte gewichtig, »das Feuer am Himmel bedeutet, daß dein Gott ein Opfer von dir verlangt. Er offenbart dir seine Herrlichkeit, um dir zu zeigen, daß du seine Erwählte bist.«

Kriemhild wurde bei diesen Worten blaß, und ein Zittern durchlief ihren Körper. »Ein Opfer? Wofür?«

»Um die Plage, die dein Land dereinst heimsuchen wird, zu bezwingen.«

Eine sonderbare Aura schien die Hexe zu umgeben, eine Überzeugungskraft, die beinahe greifbar war. Kriemhild sah plötzlich keinen Grund mehr, ihren Worten zu mißtrauen. Nicht, daß die Alte ihr den eigenen Willen nahm, mitnichten – vielmehr war es, als verstärke die Macht der Erzhexe Kriemhilds Einsicht in Dinge, die den Menschen gemeinhin verborgen blieben. Die Hexe öffnete in ihrem Geist ein Fenster, und jenseits davon lag eine neue, fremdartige Welt voller Wunder. Kriemhild fragte sich unwillkürlich, ob ihre Mutter dasselbe empfunden hatte, als sie Berenike zum erstenmal gegenübergestanden hatte. Plötzlich verstand sie, weshalb Ute so erpicht auf den Besuch der Hexe gewesen war. Es gab so vieles zu lernen, so vieles zu begreifen.

»Wie erkenne ich, wann es soweit ist?« fragte Kriemhild. »Und was werde ich dann tun müssen?«

»Von den Unschuldigen verlangt der Christengott stets das größte Opfer: ihre Unschuld. Komm zu mir, wenn es soweit ist.« Der Blick der Hexe sengte heiß in Kriemhilds Hirn, prägte die Worte in ihren Geist wie Brandzeichen. »Komm zu mir, und ich werde dir den Weg zur Wahrheit weisen.«

»Sie hat dich behext«, sagte Jodokus, als Kriemhild ihren Bericht beendet hatte. »Da gibt es gar keinen Zweifel. Sie hat dir ihren Willen aufgezwungen.«

Kriemhild war empört. »Aber ich weiß, daß sie recht hat.«

»Weil sie es dir eingeredet hat. Sie hat irgend etwas mit dir angestellt.«

»So ein Blödsinn. Das hätte ich wohl bemerken müssen.«

»Dann nenn' mir einen guten Grund, mit dem sie dich überzeugt hat.«

»Ich ...« Und plötzlich gingen ihr die Worte aus. Es war, als weigere sich etwas in ihrem Kopf, derartige Gedanken zuzulassen, eine Art Sperre, die jeden Argwohn, jede ernsthafte Überlegung in dieser Richtung blockierte.

»Siehst du«, meinte Jodokus überzeugt.

»Aber es ist wahr«, sagte sie. »Ich weiß es ganz genau.«

Sie saßen inmitten einer Bodensenke, über der sich wie ein Dach die Arme einer mächtigen Wurzel spannten. Der Wald um sie herum war hinter einer Mauer aus Schwärze verborgen. Nicht einmal das kleine Feuer, das sie entzündet hatten, vermochte der Nacht die Umrisse der nahen Bäume zu entreißen. Geisterhaftes Rascheln und Wispern erfüllte die Wälder, und einige Male waren sie durch glühende Augenpaare in der Dunkelheit aufgeschreckt worden. Kriemhild hatte längst die Orientierung verloren, doch der Sänger schien sich in dieser Gegend auszukennen. Am übernächsten Morgen, so hatte er gesagt, würden sie Salomes Zopf erreichen – falls Kriemhild immer noch dorthin gehen wolle.

Der befürchtete »Gegenzug«, wie Jodokus es genannt hatte, war bislang ausgeblieben, und Kriemhild war mittlerweile überzeugt, daß der Vorfall im Hohlweg nur ein Streich wilder Winde gewesen war. Sie hatte es aufgegeben, mit Jodokus darüber zu streiten; er würde niemals von seiner Überzeugung lassen.

»Sie hat dich mit ihrer Hexerei umgarnt«, behauptete Jodokus beharrlich, »genau wie deine Mutter.«

Kriemhild hatte ihm verschwiegen, wer ihre Mutter war, aber allmählich schien er etwas zu ahnen. Zwangsläufig mußte er sich fragen, weshalb die legendäre Berenike ihren Hexenhort verlassen hatte, um einem jungen Mädchen die Träume zu deuten. Für ein einfaches Edelfräulein, eine angehende Hofdame, hätte sie kaum den beschwerlichen Weg nach Worms auf sich genommen.

Kriemhild versuchte erneut, ihre Gefühle zu erforschen, doch jedesmal, wenn sie die Worte der Hexe durchschauen wollte, traf sie auf eine Barriere. Alles, was mit Berenike zu tun hatte, war über jeden Zweifel erhaben. Genausogut hätte Jodokus beanstanden können, daß sie die Nacht für dunkel, das Laub für grün und das Wasser eines Baches für flüssig hielt.

Natürlich bin ich im Recht, dachte sie, und die Gewißheit dieses Gedankens erfüllte sie mit wonniger Genugtuung.

Kapitel 4

Der kleine Junge kauerte im Dämmer des anbrechenden Tages hinter einem Baumstumpf und wünschte sich, er wäre daheim in Würzburg geblieben. Er und seine Eltern hätten die Stadt nie verlassen dürfen. Die Familien des Flüchtlingszuges, der auf einer nahen Lichtung lagerte, hatten geglaubt, sie könnten vor der Seuche davonlaufen. Hier draußen in den Wäldern wären sie sicher, hatten sie gehofft. Es war ein Trugschluß, und Jorin Sorgebrecht hatte es als erster erkannt. Aber er war nur ein Junge, ein Kind, und niemand würde ihm glauben schenken.

Doch es war nicht die Überheblichkeit der Erwachsenen, die ihm in diesem Augenblick Sorge bereitete – es war der Schatten des Reiters, der sich von Norden her näherte. Sein Schatten, der jeden Augenblick über den Baumstumpf und über Jorin fallen würde. Sein Schatten, der den sicheren Tod verhieß.

Jorin hätte aufspringen können, aber er wußte, daß der Reiter keine Gnade kannte. Sein schwarzer Mantel fiel weit über mächtige Schultern, über Sattel und Hinterteil des Rosses. Ein langes Schwert hing an seiner Seite, und doch war es nicht die Klinge, die Vernichtung säte. Der Reiter selbst war es, eine finstere Legende, in Fleisch und Stahl gegossen. Gestaltgewordener Aberglaube. Der Herrscher ohne Hofstaat, der Regent aus dem Herzen der Nacht. König Pest.

Jorin preßte sein Gesicht enger an den Stumpf. Der würzige Duft von Rinde und Moos drang in seine Nase. Er kniff die Augen zusammen, wie er es als kleines Kind getan hatte, wenn er gehofft hatte, andere würden ihn nicht finden. Doch dies hier war kein Versteckspiel.

Der Schatten des Reiters kam näher, glitt wabernd über Sträucher und wildes Gras, über Dickicht und zerbrochene Zweige. Jorin wagte kaum mehr zu atmen. Wenn er sich jetzt zu erkennen gab, war es um ihn geschehen. Aber sterben würde er so oder so. Wer wußte schon, ob nicht einige der Flüchtlinge längst die Male der Plage unter der Kleidung trugen, ob sie die Seuche nicht mit sich schleppten wie den Geruch der Totenfeuer, der sie noch lange über die Stadt hinaus verfolgt hatte. Der Schwarze Tod war längst überall, nur verbarg er sich hier draußen hinter Bäumen und Bergen. Alle, selbst die Kinder, fühlten, daß er sie umschlich wie ein Wolfsrudel, hungrig, pirschend, auf lautlosen Pfoten.

Jorin war der erste, der ihn mit eigenen Augen sah, ihn erblickte wie einen anderen Menschen, greifbar, hörbar und doch aus einer fremden Welt. König Pest, von dem erst die Alten und plötzlich jedermann gesprochen hatte. König Pest, der Plagenbringer.

Die Hufe seines dunklen Rosses schlugen hart auf den Boden der Schneise, so daß im Umkreis die Erde erbebte. Jorin hörte das Schnauben der Nüstern, das Rascheln des schlagenden Schweifs. Hinter dem ersten trabte ein zweites Pferd, gesattelt, aber nicht beritten, geführt an einem Strick. Im Gegensatz zum Roß des Königs war es weiß und voller Anmut. Jorin dachte: Das muß die Unschuld sein, vom Bösen in feste Ketten gelegt. Der Gedanke brachte ihn trotz seiner Ängste zum Weinen.

Eine Idee nahm in ihm Gestalt an. Mit jedem Herzschlag verstärkte sich seine Entschlossenheit. Er war fast noch ein Kind, zwölf Sommer jung, aber jetzt würde er versuchen, der Welt die Erlösung zu bringen.

Der Schatten huschte mit jedem Schritt des Pferdes näher heran. Jorin wußte genau, daß er es fühlen würde, wenn ihn der Schatten erreichte. Er fragte sich, ob es weh tun würde.

Das Hämmern der Hufe war jetzt auf einer Höhe mit dem Baumstumpf. Das vordere Pferd mit seinem schrecklichen Reiter trabte vorüber, das zweite folgte. Weder Schmerz noch Kälte stellten sich ein. Dennoch mußte der Schatten ihn gestreift haben. Möglich, daß die Krämpfe in Jorins angespannten Gliedern die Pein verschleiert hatten.

Zögernd schlug er die Augen auf. Das hintere Pferd war bereits eine gute Mannslänge entfernt. Der Reiter schien ihn nicht bemerkt zu haben, denn er saß immer noch starr im Sattel, von hinten nur mehr ein finsterer Umriß, ein Helm über schwarzem Gewand.

Jorins Plan stand fest, und mit dem Mut eines Todgeweihten machte er sich auf, ihn in die Tat umzusetzen.

Bemüht, keinen Laut zu verursachen, schob er sich hinter dem Baumstumpf hervor. Geschickt stiegen seine Füße über zerbrochenes Geäst hinweg, senkten sich dann in weiches Gras. Das schmale Himmelsband über dem Einschnitt färbte sich allmählich blau, im Osten ging die Sonne auf; der halbe Tag würde vergehen, ehe ihre Strahlen den Grund der Schneise berührten.

Früher hatten Jorin und seine Freunde an so manchem Sommertag das Reich vor fremden Mächten gerettet. Mit Holzknüppeln und Steinschleudern hatten sie ihren Ängsten den Krieg erklärt, in Würzburgs Gassen Ratten gejagt und blinden Bettlern die Münzen gestohlen. Doch nichts von alldem hatte ihn auf dies hier vorbereitet, auf die Befreiung der Unschuld aus den Fesseln des Bösen.

Blitzschnell sauste er hinter dem Schimmel her, bewegte sich ganz nah an seinem Schweif. Er hoffte, der Pferderücken würde ihn schützen, falls König Pest nach hinten blickte. Eine Weile lang folgte er dem Reiter und seinen Rössern, bis er sicher sein konnte, daß er nicht bemerkt worden war. Dann machte er sich an den zweiten Teil seines Plans.

Lautlos beschleunigte er seine Schritte und drängte sich an dem Schimmel vorüber, glitt langsam an seiner Flanke entlang und näherte sich Mähne und Kopf. Im stillen betete er, daß das Pferd seine Anwesenheit nicht durch Wiehern oder Scheuen offenbaren würde. Einen Augenblick später fand er die Befürchtung schon lächerlich. Das Gute, Reine, Vollkommene, das König Pest in Gestalt eines Rosses gefangenhielt, würde dankbar über seine Befreiung sein. Fraglos würde es nichts unternehmen, das Jorins Pläne vereiteln konnte.

Jetzt mußte er nur noch die Hand ausstrecken, dann konnte er den Strick berühren, der vom Zaumzeug des Schimmels zum Sattel des Reiters führte. König Pest hatte das Seil um einen Riemen geschlungen, locker genug, um es in Windeseile lösen zu können.

Jorin hatte keinen Gedanken daran verschwendet, wie es ihm gelingen sollte, den Strick zu kappen. Hatte er ja nicht einmal ernsthaft erwartet, überhaupt so weit vorzudringen! Doch nun, da die Fessel in greifbarer Nähe lag, drohte er zu versagen. Verzweiflung überkam ihn. Er hatte es doch nicht bis hierher geschafft, um jetzt tatenlos aufzugeben!

Wenn es ihm allerdings gelänge, den Knoten am Zaumzeug des Pferdes zu lösen ...

Wie aber sollte er das zustandebringen, ohne daß der Reiter es bemerkte? Der Schimmel würde zwangsläufig langsamer traben, vielleicht sogar stehenbleiben. Spätestens dann war Jorins Schicksal besiegelt.

Aber war es das nicht ohnehin? Der Schatten des Schwarzen Königs hatte ihn berührt, und mit ihm der Atem der Plage. Jorin was des Todes, auf die eine oder andere Weise.

Er lief noch ein wenig schneller, bis er genau neben dem Kopf des Schimmels ging. Dunkle runde Augen musterten ihn neugierig. Jorin sah darin sein Spiegelbild, winzig klein. Ob auch das ein Zeichen war? Er bewegte die Lippen, um das Tier zu beruhigen, sprach aber keines der Worte laut aus. Seine Blicke rasten abwechselnd zwischen dem Knoten und dem Helm des Reiters hin und her. Ganz langsam hob er die Hände, seine Finger berührten das Seil.

Der Knoten war sehr fest gezogen, mit Kräften, die jene von Jorin bei weitem überstiegen. Gut möglich, daß der Reiter einen Bann darüber gelegt hatte. Ein magischer Knoten, ja, so mußte es sein!

Aber Jorin hatte schlanke Finger, und er wußte sie flink zu gebrauchen. Bald schon, fünf, sechs Atemzüge später, hatte er die erste Schlaufe ein wenig gelockert, nicht weit genug, um nachzugeben, aber doch schon mit Aussicht auf Erfolg.

Ein kühler Windstoß raste ihnen durch die Schneise entgegen und verfing sich im Umhang des Reiters. Der aufgebauschte Stoff machte harte, flatternde Geräusche, rasselte wie ein Drache im Unterholz. Einen Moment lang schien es Jorin, als würde das schwarze Pferd zögern. Dann aber schüttelte es nur seine Mähne und bewegte sich unverwandt vorwärts. Der weite Umhang sank in sich zusammen, und König Pest blickte starr geradeaus.

Die Schlaufe war jetzt so groß, daß Jorin seinen Zeigefinger hindurchschieben konnte. Trotzdem wollte sich der Knoten nicht lösen. Das Seil war rauh und zerzaust, seine Fasern bissen grob ineinander. Die Magie, die es hielt, mußte schlicht aber machtvoll sein. Jorin schauderte bei dem Gedanken, vielleicht selbst so zu enden wie der Schimmel, gefangen im Schlepptau des Reiters, auf immerdar sein Sklave. Jeder wußte, daß König Pest an jedem Ort der Welt auftauchen konnte, und oft benutzte er dunkle, böse Pfade. Die Vorstellung, ihm auf jeden Schritt folgen zu müssen, war fast zu viel für Jorin. Er war nahe daran, sich ins Dickicht zu schlagen, als ihn plötzlich die Nase des Schimmels anstieß, vertraut, beinahe spielerisch. Ein Blick in diese braven braunen Augen, die so viel Hoffnung in ihn setzten, und Jorin verwarf jeden Gedanken an Flucht. Er mußte das Tier befreien und mit ihm, vielleicht, das ganze Land.

Ein harsches Flattern ließ ihn abermals innehalten. Unter seinem ungläubigen Blick senkte sich ein gewaltiger Rabe vom Himmel herab, verkrallte sich in der rechten Schulter des Reiters. Ein schrilles Krächzen drang aus dem Schnabel des Tiers, und aus den Wäldern ertönte eine Antwort. Nur wenige Herzschläge später schwebte ein zweiter Rabe heran, landete kreischend auf der linken Schulter. Reiter und Roß ritten unberührt weiter.

Zum ersten Mal kamen Jorin Zweifel. War der Schwarzgerüstete wirklich der, für den er ihn hielt? Oder, schlimmer noch, war er gar jener, den die Alten den Rabengott nannten, den Herrn aller Götter – Wodan, der in Gestalt eines Menschen mit seinen Raben durch die Lande streifte?

Plötzlich kam Jorin sich unsagbar dumm vor. Jorin Sorgebrecht, Sohn eines Schneiders und einer Wäscherin, versuchte den obersten der alten Götter zu bestehlen!

Zugleich aber war da das dankbare Leuchten in den Augen des Schimmels, und abermals haderte der Junge mit seinem Gewissen.

Einer der beiden Raben wandte sich um und starrte ihn an. Legte den Kopf schräg, blinzelte... und begann zu schreien!

Jorin stolperte vor Entsetzen über die eigenen Füße, sein Finger rutschte aus dem gelockerten Knoten, er wich den Hufen des Schimmels aus, stürzte zur Seite und landete mit einem Aufschrei inmitten eines Dornendickichts.

Der Reiter zügelte sein Pferd. Nicht übereilt, nicht überrascht.

Jorin rang mit Ranken und Dornen, und doch blieb ihm genug Zeit zu begreifen, daß der Recke nur mit ihm gespielt hatte. Ob König Pest oder Rabengott, es machte keinen Unterschied. Beide würde ihn mit einem Fingerschnippen in Asche oder

Schlimmeres verwandeln. Und wenn es nicht bald geschah, dann würde es gewiß die Angst sein, die ihn umbrachte.

Hinter den Sehschlitzen des Helms war nichts als Schatten. Die beiden Raben auf den Schultern des Reiters wiegten sich langsam hin und her, im Banne einer stummen Melodie. Sie selbst waren verstummt, nur ihr Gefieder raschelte im Wind. Auch der Kragen des Reiters war aus schwarzen Federn gewirkt, ein hoher, buschiger Schulterschmuck.

Der Anblick des Mannes hätte Jorin wohl auf der Stelle erstarren lassen, wären da nicht die Dornen gewesen, die sich von allen Seiten in seinen Körper bohrten. Er hatte seine Sinne noch so weit beieinander, daß er keinen Schrei ausstieß, um das Wesen im Sattel nicht noch mehr gegen sich aufzubringen. Statt dessen versuchte er verzweifelt, sich mit Händen und Füßen aus den Büschen zu stemmen. Dabei aber griff er jedesmal in neue Dornen, und die Spitzen rissen ihm Finger und Handflächen auf. Er weinte leise, aber es war nicht nur die Angst, die ihn dazu trieb, sondern auch der Zorn über seine eigene Hilflosigkeit.

Der Reiter betrachtete Jorins erfolglose Versuche eine Weile lang, schaute sich dann nach allen Seiten um und stieg mit einer erhabenen Bewegung aus dem Sattel. Sein Rüstzeug klirrte leise, und der Saum des Mantels streifte rauschend über den

Boden, ohne sich in Dornen oder Zweigen zu verfangen; es sah beinahe aus, als wiche der Stoff ganz von selbst jeder Spitze aus. Riesenhaft und dunkel baute sich der Mann vor Jorin auf, aber sein Schatten fiel diesmal in die andere Richtung, und der Junge war dankbar dafür. Die beiden Raben erstarrten, nur um sich einen Moment später wie auf einen geheimen Befehl hin von den Schultern zu erheben und hinauf in die Lüfte zu steigen. Dort verschwanden sie zwischen den Baumwipfeln.

Eine behandschuhte Hand streckte sich Jorin entgegen. Der Junge zuckte zurück und trieb dabei ein halbes Dutzend Dornen in seinen Rücken. Noch immer sagte der Mann kein Wort, nur sein Atem ertönte dumpf aus dem Inneren des Helmes.

Er atmet, durchfuhr es Jorin, also ist er ein lebender Mensch! Doch was, schalt er sich dann, wußte ein Kind wie er schon über die Masken der Götter? Möglich, daß sie die Menschen bis in jede Einzelheit nachahmten.

Die ausgestreckte Hand schwebte über ihm, er mußte sie nur ergreifen. Ihr schwarzer Umriß vor dem blauen Morgenhimmel war ihm Drohung und Hoffnung zugleich. Doch die Dornen nahmen ihm die Entscheidung ab. Jorin ertrug den Schmerz nicht länger, und ehe er sich versah, hatte er die Hand gepackt und ließ sich von dem Riesen aus den Büschen ziehen.

Ganz kurz durchzuckte ihn der Gedanke, dem Mann entkommen zu können. Sich einfach herumzuwerfen und davonzulaufen. Dann aber dachte er sich, daß er längst hätte tot sein können, wenn der Reiter es gewollt hätte.

»Weißt du, welche Strafe der König Pferdedieben auferlegt?« drang eine scharfe Stimme unter dem Helm hervor.

Jorin fuhr zusammen. Angstvoll nahm er an, daß mit »König« der Reiter selbst, König Pest, gemeint war. Er schüttelte den Kopf, unfähig, auch nur einen Ton herauszubringen.

»Er läßt sie hängen«, sagte der Mann. »Und wenn der Dieb mehr als einmal gestohlen hat, wird er von vier starken Gäulen zerrissen.« Der Mann beugte sich mit einem Ruck vor, bis das Stahlgesicht des Helmes nur noch wenige Fingerbreit vor Jorins Nase schwebte. »Hast du mehr als einmal gestohlen?«

Jorin dachte, daß er auf der Stelle tot umfallen müsse. Jetzt und hier.

Hinter den Sehschlitzen brodelte die Dunkelheit. »Sag mir die Wahrheit, Junge!«

»Nein!« preßte Jorin hervor. Es stimmte, er hatte noch nie etwas gestohlen, das größer war als ein Apfel. Und ganz bestimmt keine Pferde.

Der Fremde blickte ihn aus unsichtbaren Augen an, als forschten sie in Jorins Kopf nach Beweisen seiner Aufrichtigkeit.

Endlich richtete der Mann sich wieder auf. »Gut«, sagte er. »Wie ist dein Name?«

»Jorin, Herr. Jorin Sorgebrecht.«

»Bist du krank?«

Jorin dachte daran, daß der Schatten des Reiters ihn berührt hatte. »Nein, Herr«, sagte er und hoffte, daß es die Wahrheit war.

»Zieh dein Wams aus!«

Der Junge befolgte den Befehl, und der Mann unterzog seine Achselhöhlen und seinen Hals einer eingehenden Betrachtung. Dann nickte er langsam. »Mir scheint, es ist wahr, was du sagst. Gut für dich.«

Die knappe Bemerkung jagte Jorin einen eisigen Schauer über den Rücken. Er ahnte, was geschehen wäre, wenn er gelogen hätte.

»Wo kommst du her?« fragte der Mann. »Gibt es ein Dorf hier in der Nähe?«

»Ich glaube nicht, Herr«, sagte Jorin und zog geschwind sein Hemd über. »Wir sind Flüchtlinge. Wir kommen aus der Stadt.«

»Wen meinst du mit ›wir‹? Deine Eltern und dich?«

»Ja, Herr, und noch einige andere.«

»Wie viele seid ihr?«

Jorin hatte nie gelernt, weiter als bis zehn zu zählen. Jetzt überlegte er angestrengt. »Ungefähr dreimal zehn«, sagte er dann, »ein paar mehr, vielleicht.«

»Und wo ist euer Lager?«

Geschwind hob Jorin den Arm und zeigte in die Richtung, aus der er gekommen war. Nur einen Augenblick später fiel ihm ein, daß er damit vielleicht das Todesurteil über die ganze Gruppe gesprochen hatte. Bleich und erschrocken ließ er die Hand wieder sinken.

Der Mann schien seine Gedanken zu lesen. »Keine Angst, Jorin Sorgebrecht. Weder dir noch den deinen will ich Böses.«

Jorin war keineswegs überzeugt, daß er daran glauben konnte, doch zum Schein nickte er hastig.

»Ich verlange nur eine Auskunft, nicht mehr«, fuhr der Mann fort. »Vielleicht kannst du mir helfen.«

»Ich bin Euer Diener, Herr.«

Der Fremde neigte den Helm, als stimmten ihn Jorins Worte milde. »Ich bin auf der Suche nach einem Mädchen mit langem goldenen Haar. Jemand ist bei ihr, aber ich weiß nicht, wie er aussieht. Sie reiten auf schwerfälligen Pferden, Ackergäulen wahrscheinlich. Hast du die beiden gesehen?«

Jorin spielte kurz mit dem Gedanken, ja zu sagen, um den Fremden gnädig zu stimmen; dann aber schüttelte er wahrheitsgetreu den Kopf. »Nein, Herr. Einige von den Mädchen, die mit uns ziehen, haben goldenes Haar, aber sie sind bei uns, seit wir die Stadt verlassen haben.«

Der Ritter schien einen Augenblick nachzudenken. »Führe mich zu deinen Leuten, Junge.«

»Das will ich, Herr.«

»Kannst du reiten?«

»Nicht wirklich, Herr.«

»Was wolltest du dann mit dem Pferd?«

»Ich ... nichts, Herr.«

Wieder ruckten Helm und Oberkörper des Fremden vor. »Nichts?« fragte er drohend.

Jorin kam die Tatsache, daß er in dem Schimmel die verlorene Unschuld der Welt vermutet hatte, mittlerweile überaus albern vor. Er würde lieber sterben, als nur ein Wort darüber zu verlieren. »Verkaufen«, beeilte er sich zu sagen. »Ich wollte das Tier verkaufen, Herr.«

»Schon besser.« Der Ritter straffte sich und trat neben den Sattel des Schimmels. »Du wirst es nicht verkaufen können, Jorin Sorgebrecht, aber du darfst eine Weile darauf sitzen.«

»Aber ich kann doch –« *Nicht reiten*, wollte Jorin sagen, besann sich dann aber eines Besseren. »Ich will es gerne versuchen«, meinte er kleinlaut.

Der Ritter packte ihn mit beiden Händen und hob ihn blitzschnell in den Sattel. »Halte dich gut fest und gib acht auf tiefe Äste. Ich habe wenig Zeit und werde dich nicht aufsammeln, wenn du herunterfällst.«

»Ja, Herr.« Das weiße Pferd unter ihm stand ganz

ruhig, und da begriff Jorin, daß es ein überaus edles und kostbares Tier sein mußte.

Der Ritter schwang sich in den Sattel des schwarzen Rosses, dann lenkte er es durchs Unterholz in die Richtung, in die Jorin gedeutet hatte. Der Schimmel folgte ihm, ohne Jorins Aufforderung abzuwarten. Der Junge hatte auch so genug zu tun: Den tiefhängenden Zweigen auszuweichen war viel schwieriger, als er erwartet hatte, doch das weiße Pferd trug ihn so ruhig und sicher durch den Wald, daß Jorin auf nichts anderes achten mußte, als sich festzuhalten und den Kopf einzuziehen.

»Herr«, rief er einmal dem Ritter zu, »sagt mir, wie darf ich Euch nennen?«

Der Fremde ließ eine Weile verstreichen, bis Jorin schon glaubte, er würde keine Antwort mehr bekommen. Dann aber ertönte es plötzlich unter dem Helm: »Ich bin Hagen von Tronje. Aber das ist kein Name, den du im Kopf behalten solltest. Manchem hat er schon Unglück gebracht.« Leiser fügte er hinzu: »Vor allem jenem, der ihn trägt.«

Jorin wußte nicht recht, was er von der letzten Bemerkung des Ritters halten sollte, entschied aber, sich keine weiteren Gedanken darüber zu machen. Er war viel zu erleichtert, daß er es mit einem Menschen aus Fleisch und Blut zu tun hatte, nicht mit einem Dämon oder Gott.

Bald darauf erreichten sie die Lichtung. Durch

das Gewirr der Stämme und Zweige waren die Karren der Flüchtlinge deutlich zu erkennen.

Jorin spürte bei dem Anblick keine Erleichterung. Er hatte sich mit gutem Grund davongeschlichen. Jetzt, da er zurückkehrte, schien sich eine unsichtbare Faust um sein Herz zu schließen.

Auch der Ritter erkannte sofort, daß etwas nicht stimmte. Er zügelte sein Pferd, bevor es aus dem Dämmer des Waldes ins Tageslicht treten konnte. Obwohl er den Helm nicht abgenommen hatte, spürte Jorin, daß Hagen voller Argwohn und Anspannung auf das Treiben der Flüchtlinge blickte.

Der Schimmel blieb neben dem schwarzen Schlachtroß stehen. Jorin beugte sich über die Mähne, als könnte er sich so vor den Menschen auf der Lichtung verstecken. Noch aber hatte niemand sie entdeckt.

Die Flüchtlinge hatten eine stattliche Herde von Rindern mit sich geführt, doch jetzt war keines der Tiere mehr am Leben. Man hatte sie aufgeschlitzt und ausgeweidet. Am entferntesten Rand der Lichtung lag ein Haufen aus Eingeweiden, der einem erwachsenen Mann bis zur Schulter reichte und am Boden breit auseinanderlief. Sonnenstrahlen glänzten auf den feuchten Schlingen und Blasen, und der Gestank war erbärmlich.

Die ausgeleerten Rinderleiber waren im Halbrund um die Lichtung an den Bäumen aufgehängt worden, mit den Schädeln nach unten. Ihre Bäuche waren feigenförmig aufgeklafft. Dahinter lagen nasse, dunkelrote Höhlen.

In einigen davon kauerten Menschen.

Ein alter Mann mit lichtem Haar und langem Bart ging von Kadaver zu Kadaver und segnete jeden mit einem Stab, an dessen Ende ein Kreuz angebracht war. Der Alte trug eine braune Kutte und sang auf lateinisch ein Kirchenlied; sein Gesicht war eingefallen, beinahe asketisch. Hinter ihm bewegte sich das verschüchterte Knäuel der Flüchtlinge. Alle waren splitternackt, ganz gleich ob Mann oder Weib oder Kind. Einige der Jüngsten weinten, andere hielten sich trostsuchend an den Händen.

Immer, wenn ein Kadaver von dem Alten mit den nötigen Weihen bedacht war, löste sich einer der Flüchtlinge aus der Gruppe und kroch widerstrebend in das ausgehöhlte Tier. Auf diese Weise war die Gruppe bereits auf die Hälfte zusammengeschrumpft; die übrigen hockten in den tropfenden Leibern, schwangen langsam mit ihnen vor und zurück.

»Wer ist dieser Mann?« flüsterte Hagen dumpf.

»Noah, ein Priester aus dem Norden«, antwortete Jorin. »Er hat sich uns angeschlossen, als wir die Stadt verließen.«

»Das da war sein Einfall, nehme ich an.«

»Ja. Deshalb bin ich fortgelaufen. Nicht wegen der Rinder«, fügte der Junge schnell hinzu, »ich habe keine Scheu vor Blut, aber...« Er verstummte, doch Hagen nahm den Satz auf:

»Aber du hattest Angst vor dem, was das Ritual bedeuten könnte, nicht wahr?«

»Ja, Herr«, gab Jorin zu und wunderte sich über das Verständnis des großen, finsteren Mannes.

»Als ich ein Kind war...«, begann Hagen, brach aber schlagartig ab, ohne den Satz zu Ende zu bringen.

Jorin wartete eine Weile, doch was immer der Ritter hatte sagen wollen, er behielt es lieber für sich. Schließlich zuckte der Junge nur mit den Schultern und blickte wieder hinaus auf die Lichtung. Er suchte nach seinen Eltern, fand sie aber nicht unter jenen, die hinter dem Priester standen. Sie mußten sich schon in den Kadavern verkrochen haben.

Plötzlich drehte Hagen sich zu Jorin um. Er hatte eine Entscheidung getroffen. »Geh zu deinen Leuten, Junge. Was immer sie dort tun mögen, bei ihnen bist du sicherer, als allein im Wald.«

»Und Ihr, Herr?«

»Ich reite weiter. Ich will mich nicht in diese Dinge mischen.«

»Aber ich habe Angst.«

»Und du tust gut daran, Jorin Sorgebrecht. In Zeiten wie diesen ist es weise, sich zu fürchten.«

Jorin blickte traurig zu Boden. »Sie werden mich bestrafen, weil ich fortgelaufen bin.«

»Liebst du denn deine Eltern nicht?«

»O doch, gewiß. Aber sie tun, was Noah ihnen sagt. Alle tun das. Und Noah wird mich bestrafen lassen.«

Hagen blickte wieder hinaus auf die Lichtung. »Er versucht, die Pest auszutreiben, nicht wahr?«

Jorin streichelte geistesabwesend über die Mähne des Schimmels. »Er sagt, die Krankheit ist in uns allen, zu jeder Zeit. Nur manchmal, wenn die Sünde der Welt besonders groß ist, dann kommt sie zum Vorschein, und verrät, wie es in unserem Inneren aussieht.«

»Aber dieses Ritual dort ist keine christliche Zeremonie.«

»Noah sagt, es reinigt die Menschen. Er betet oft und singt fromme Lieder.«

»Hat niemand etwas einzuwenden gehabt, als der Priester verlangte, die Tiere zu töten?«

»Jakup, dem die meisten Rinder gehörten, hat geschimpft und geschrien.« Jorin schüttelte sich bei der Erinnerung an das, was geschehen war. »Noah sagte, Jakup sei bereits krank, seine Worte würden das beweisen. Da wurde er ausgestoßen und mußte das Lager verlassen. In der letzten Nacht ist er zurückgekommen, um seine Rinder zu retten, aber es war schon zu spät. Die meisten waren längst geschlachtet. Jakup hat sich auf Noah gestürzt, ich glaube, er wollte ihn umbringen. Aber die anderen Männer haben ihn fortgerissen, und Noah hat befohlen, ihn...« Er verstummte.

»Was für ein sonderbarer Priester ist das, der aufrechte Männer töten läßt?«

»Er sagt, er sei der Erlöser.« Jorins Blick wurde trotzig. »Aber ich glaube ihm kein Wort.«

Hagen versank in Schweigen. Jorin spürte, daß er zwischen zwei Entscheidungen hin- und hergerissen wurde.

Schließlich sagte der Ritter: »Dennoch, ich muß weiter.« Er legte Jorin eine schwere Hand auf die Schulter. »Es tut mir leid. Du bist ein gescheiter Junge, Jorin, und du wirst einmal ein kluger Mann werden. Geh zu deinen Eltern zurück und –«

Von der Lichtung erklang ein lauter Ruf. Hagen brach mitten im Satz ab und fluchte lautstark. Als Jorin seinem Blick folgte, bemerkte er, daß ihr Versteck keines mehr war. Zwei Mädchen, ein wenig älter als Jorin selbst und unbekleidet wie der Rest der Flüchtlinge, zeigten mit ausgestreckten Armen auf die beiden Reiter im Unterholz. Sogleich brach ein Tumult aus.

Der Gesang des Priesters verklang. Noah wirbelte herum und deutete mit seinem Stab auf Hagen und

Jorin. Die Menge schien sich hinter seinem Rücken verkriechen zu wollen, so eng drängten sich die Menschen aneinander. Jene, die in den Kadavern kauerten, streckten neugierig die Köpfe hervor.

»Nun gut«, zischte Hagen leise, dann hieb er seinem Roß die Stiefel in die Flanken und preschte aus dem Dickicht auf die Lichtung. Zweige brachen, und abgerissenes Laub wirbelte rund um ihn zu Boden.

Die Aufregung unter den Flüchtlingen drohte beim Anblick des finsteren Reiters in Panik umzuschlagen, doch Noah befahl lautstark, die Ruhe zu bewahren. Tatsächlich schien es, als habe er die Leute gut im Griff. Doch dann rief plötzlich eine Stimme: »Seht doch! Es ist König Pest! Es ist der Schwarze König!«

Die Menschenmenge schien zu explodieren.

Männer und Frauen stürmten in alle Richtungen davon, einige suchten hinter den Karren Schutz, andere flüchteten zwischen die Bäume. Jene in den Kadavern zogen die Köpfe zurück und verbargen sich in ihren stinkenden Löchern, andere stürmten gar auf die leerstehenden Rinderleiber zu und krochen geschwind hinein. Von überall her erklang Weinen und Geschrei, Gebete und sakraler Singsang.

Noah aber verharrte inmitten des Chaos, reckte den Stab mit dem Kreuz zum Himmel und blickte

Hagen starr entgegen. Als hätte er sie herbeigerufen, fuhren plötzlich Windböen in die weite Kutte des Priesters, brachten sie zum Flattern und zerzausten seinen Bart. Seine Lippen bewegten sich lautlos, und Jorin ahnte, daß er eine seiner Beschwörungen murmelte.

Hagen aber ließ sich von all dem nicht beeindrucken. Er ritt auf den Priester zu, zügelte sein Pferd an der Seite des Alten und trat ihm kraftvoll mit dem Stiefel vor die Brust. Noah kreischte auf, ließ den Stab fallen und flog rückwärts ins Gras.

Gebete und Gesänge wurden noch lauter, und einige Männer, die tapfersten, lösten sich aus ihren Verstecken und wollten dem Priester zur Hilfe eilen.

Hagen aber glitt in Windeseile aus dem Sattel, setzte dem am Boden liegenden Alten einen Stiefel auf den Brustkorb, zog sein Schwert und legte die Spitze an Noahs faltigen Hals. Die herbeistürmenden Männer wurden langsamer, blieben dann stehen. Haß, aber auch abgrundtiefe Furcht standen in ihren Augen.

Zugleich setzte sich Jorins Schimmel ohne Aufforderung in Bewegung und trabte gemächlich durch die Schneise, die Hagens stürmischer Auftritt ins Unterholz gerissen hatte. Als Jorin auf dem Pferd ins Freie schaukelte, blickten ihm drei Dutzend Augenpaare entgegen.

»Er hat die Krankheit!« schrie jemand. »Er reitet an der Seite von König Pest!« Geschrei und Gekeife wurden ohrenbetäubend.

Jorin wurde sehr klein in seinem Sattel und wünschte sich ans andere Ende der Welt.

Hagen hob seine freie Hand. Innerhalb weniger Augenblicke wurden die Schreie zu gedämpftem Flüstern, verstummten dann ganz. Gespanntes Schweigen legte sich über die Lichtung.

»Sagt mir«, rief Hagen in die Runde, »was hat euch dieser Mann versprochen?«

Keiner der Flüchtlinge wagte zu antworten, doch Noah brüllte: »Gesundheit. Frieden. Das ewige Leben. Und deinen Untergang, König Pest!«

Jorin hatte Zweifel, daß Noah den Ritter wirklich für den hielt, als den er ihn darstellte. Jorin selbst war diesem Irrtum erlegen, aber er war noch ein Kind; Noah hingegen wußte sehr wohl, was er sagte und tat, und er schien bei aller Verschlagenheit äußerst klug und gewitzt.

»Er lügt!« rief Jorin, und alle Gesichter wandten sich erneut zu ihm um. Sogar Hagen schaute ihn an. »Er ist ein aufrechter Ritter, und er ist gesund wie wir alle.«

Eines der Mädchen, ein junges Ding, mit dem Jorin früher in den Gassen gespielt hatte, lachte auf, ein irrer, verzweifelter Laut. »Gesund wie wir?« rief es höhnisch. Dabei rannte es auf Jorin zu, blieb einige Schritte vor ihm stehen und riß beide Arme in die Höhe. »Sieh her, Jorin Sorgebrecht!« Und sie offenbarte große schwarze Pusteln unter ihren Achseln.

Jorin zuckte voller Entsetzen zurück. Er hatte geglaubt, alle Mitglieder des Flüchtlingszuges seien bisher von der Krankheit verschont geblieben. Doch wenn das Mädchen die Male der Plage trug, dann vielleicht auch einige der anderen.

Das Mädchen sah das Grauen in seinen Augen, warf den Kopf zurück und stieß ein schrilles Lachen aus. Dann brach es schlagartig in sich zusammen, wie von einem Pfeil getroffen, begann zu weinen und rollte sich am Boden zusammen wie ein getretener Hundewelpe.

Einige der Flüchtlinge fanden neuen Mut und stürzten auf Hagen und Jorin zu.

Der Ritter beugte sich vor, packte den Priester am Kragen und riß ihn in die Höhe. Die Schwertspitze wies unvermindert auf den faltigen Hals des Alten.

»Sie sollen stehenbleiben!« sagte er mit fester Stimme, ohne jede Regung.

Noah schenkte ihm einen vernichtenden Blick. Dann rief er mit keifender Stimme: »Tötet ihn! Er ist die Plage selbst! Tötet alle beide!«

Die nackten Männer stürmten wie ein Rudel wilder Tiere über die Lichtung.

Jorins Augen weiteten sich, als er sah, wie gleich fünf oder sechs in seine Richtung liefen. Das Mädchen wälzte sich immer noch im Gras, achtete nicht auf das, was um es herum geschah. Panik überkam Jorin wie ein Fieberanfall; sein Gesicht, sein ganzer Körper schien zu glühen. Er zerrte an den Zügeln des Schimmels, ohne genau zu wissen, was es bewirken würde. Er hoffte nur, das Tier würde wenden und ihn in Sicherheit tragen.

Das kluge Roß aber schien bereits eine eigene Entscheidung getroffen zu haben. Plötzlich machte es einen Satz über das Mädchen hinweg und preschte mit schnaubenden Nüstern und donnerndem Hufgetrampel auf die Angreifer zu. Schreiend teilte sich die Gruppe, um nicht von dem Tier überrannt zu werden. Ehe Jorin sich versah, galoppierte der Schimmel schon quer über die Lichtung. Hakenschlagend wich das Pferd allen Angreifern aus, führte sie mühelos in die Irre, ließ sie übereinander stolpern und sorgte so für beträchtliche Aufregung. Hätte Jorin es nicht besser gewußt, so hätte er wohl meinen können, der Schimmel machte sich einen Spaß aus dieser Verfolgungsjagd. Und natürlich erkannte der Junge, daß sie hier, wo das Pferd genug Auslauf hatte, viel sicherer waren als im Wald, wo Baumstämme und Äste die Beweglichkeit des Tieres eingeschränkt hätten.

Derweil bedrohte Hagen immer noch den zappelnden Priester. Trotz aller Warnungen machte der Alte keinerlei Anstalten, seinen Mordbefehl zurückzunehmen.

»Wie du willst«, fauchte Hagen, ehe die ersten Angreifer ihn erreichen konnten. Er schleuderte Noah von sich und ließ das Schwert in weitem Bogen herumwirbeln. Die Männer blieben zurück, aus Angst, von der blitzenden Klinge niedergemäht zu werden. Einigen schien schlagartig bewußt zu werden, daß sie nicht nur unbekleidet, sondern auch unbewaffnet waren.

Noah lag am Boden und kreischte in höchsten Tönen: »Er muß sterben! Beide müssen sterben!«

Hagen sah ihn einen Augenblick aus den Schatten seiner Sehschlitze an, dann machte er einen Schritt auf ihn zu und führte einen kurzen, scharfen Hieb nach Noahs Kehle. Die aufpeitschenden Schreie des Alten brachen ab. Hagen sah ohne Mitleid zu, wie das Leben als letztes Röcheln aus dem blutenden Schnitt entwich, dann wandte er sich den übrigen Flüchtlingen zu.

»Ich will keinen Streit mit euch«, sagte er ruhig, doch der Helm gab seinen Worten einen düsteren, dumpfen Unterton.

Niemand ging darauf ein. Alle starrten ihn nur weiterhin unverwandt an, einige in irrer Wut, die meisten aber verängstigt.

»Was wollen wir nun tun?« fragte Hagen laut in

die Runde. »Seid ihr sicher, daß ihr mich angreifen wollt?« Er deutete auf einen Mann, der größer und kräftiger als die anderen war und ihn haßerfüllt anstarrte. Seine nackte Haut war blutverschmiert. »Du! Willst du den ersten Schritt tun?«

Obwohl Jorin noch immer von dem Schimmel in weiten Kreisen über die Lichtung getragen wurde, erkannte er in dem Mann seinen Vater; er hatte den Kadaver verlassen, um Noah zu verteidigen, nicht seinen Sohn.

»Wer auch immer mich angreift«, rief Hagen und zeigte mit der Schwertspitze auf den nackten Hünen, »du wirst der erste sein, den ich töte. Darauf meinen Eid!«

Jorins Vater zuckte bei diesen Worten kaum merklich zusammen, und sein Blick fuhr herab zum Leichnam des Priesters. Dann sah er wieder Hagen an. Die Schwertklinge wies noch immer in seine Richtung. Es gab keinen Zweifel, daß der Ritter seine Drohung wahrmachen würde.

»Denk nach!« forderte Hagen ihn auf, ohne einen der übrigen Männer zu beachten. »Selbst wenn ihr alle zugleich über mich herfallt, wirst du es sein, der stirbt, noch vor allen anderen.«

Jorin versuchte, den Schimmel innehalten zu lassen, doch das Pferd gehorchte ihm nicht. Jorin wollte brüllen, um Gnade für seinen Vater bitten; er wußte allerdings, daß Hagen sie nicht gewähren würde.

»Vater!« schrie er deshalb über den donnernden Lärm der Hufe hinweg. »Du mußt tun, was er sagt! Er wird dich sonst töten!«

Falls Hagen überrascht war, so zeigte er es mit keiner Regung. Jorins Vater aber verlor noch mehr von seiner Sicherheit.

Schließlich hob er die Hand. »Zurück«, sagte er leise, dann noch einmal lauter: *»Zurück!«*

Etwa die Hälfte der Flüchtlinge gehorchte. Die übrigen aber waren viel zu aufgebracht über den Tod des Priesters. Einige von ihnen machten ungerührt einen Schritt auf Hagen zu.

Obwohl Jorins Vater sich mit den anderen zurückgezogen hatte, wies der Ritter abermals mit dem Schwert auf die Brust des Mannes. »Ich töte dich«, rief er beharrlich, »wenn auch nur einer die Hand gegen mich oder den Jungen erhebt.«

»Nein!« brüllte Jorin vom Rücken des galoppierenden Schimmels herab. »Das ist ungerecht!«

Hagen beachtete ihn nicht. »Ruf diese Hunde zurück«, gemahnte er Jorins Vater, »oder du stirbst!«

Durch die Reihe jener, die zurückgetreten waren, ging ein unruhiges Raunen. Jorins Vater sah sich aufgebracht unter ihnen um, aber alle senkten die Blicke. Plötzlich schien er ganz allein dazustehen, ohne jede Unterstützung. Mit einem verzweifelten Ruck setzte er sich in Bewegung und trat zwischen die Männer, die Hagen immer noch angriffslustig gegenüberstanden.

»Tut, was er sagt!« verlangte er und mühte sich merklich, das Schwanken seiner Stimme in den Griff zu bekommen. »Laßt ihn ziehen!«

»Er hat Noah getötet!« widersetzte sich einer und ließ seine Augen nicht von Hagen.

»Dafür erwartet ihn die Hölle«, gab Jorins Vater zurück. Er schenkte Hagen einen Blick voller Abscheu, dann wandte er sich wieder an die Männer. »Tretet zurück, oder wollt ihr wirklich noch weiteres Blutvergießen?«

Allmählich drangen seine Worte durch die Masken aus Haß und wütender Entschlossenheit, hinter denen sich die anderen verschanzten. Die ersten gaben auf und zogen sich zurück, weitere folgten ihnen. Schließlich spie auch der letzte verächtlich ins Gras und ging davon.

Der Ritter nickte Jorins Vater einmal kurz zu, so als wollte er sich bei ihm bedanken, dann senkte er das Schwert. Während er in den Sattel seines Rosses stieg, deutete er beiläufig auf den toten Priester. »Gebt ihm ein Begräbnis, das seinem Glauben entspricht – welcher auch immer das sein mag.«

Er hob die Hand, und sogleich hörte der Schimmel auf, im Kreis zu laufen. Gemächlich trabte er in die Mitte der Lichtung, bis er neben dem schwarzen Schlachtroß stehenblieb.

Jorin schaute den Ritter anklagend an, sagte aber kein Wort.

»Was nun, Junge?« fragte Hagen. »Willst du bleiben?«

Jorins Vater hatte Hagen und seinem Sohn den Rücken gekehrt, und obgleich er die Frage des Ritters gehört haben mußte, wandte er sich nicht um. Jorin blickte ihm flehend nach, doch die Entscheidung lag jetzt allein bei ihm. Niemand würde sie ihm abnehmen, gewiß nicht sein Vater. Er ahnte, daß der Haß der übrigen Männer und Frauen nur unterdrückt, aber keineswegs erloschen war. Sobald der Ritter fort war, würden die Flammen von neuem auflodern wie die Glut in einem Scheiterhaufen, und es gab wenig Zweifel, wen sie verzehren würden. Den Rückhalt seiner Eltern hatte er verloren – seine Mutter hatte sich noch immer nicht blicken lassen, und dann war da noch das Mädchen am Boden, die Pusteln unter ihren Achseln. Der sichere Tod, auch dann, wenn er blieb und nicht von der Menge zerrissen wurde.

Als der Junge seine Entscheidung traf, war Hagen schon zwei Pferdlängen entfernt und ritt unter den argwöhnischen Blicken der Flüchtlinge zum Waldrand.

»Wartet, Herr!« rief Jorin aus. »Nehmt mich mit Euch!«

Hagen gab durch nichts zu erkennen, ob er ihn

gehört hatte, aber der Schimmel setzte sich sogleich in Bewegung und folgte dem Roß des Ritters. Jorin schaute sich nach seinem Vater um, Tränen verschleierten seinen Blick. Er sah nur einen nackten Umriß zwischen vielen anderen. Dann wurden die beiden Reiter vom Wald umfangen, und Geäst und Laubwerk verdeckten Jorins Sicht.

Sie waren bereits eine Weile geritten, schweigend und ohne sich anzusehen, als hinter ihnen Gesang laut wurde. Es war ein Lied in lateinischer Sprache, und obwohl Jorin kein einziges Wort verstand, spendete die Melodie ihm Trost. Einen ganz kurzen Moment lang wünschte er, jetzt bei den anderen zu sein, um sich vom Glauben und der Gemeinschaft und vielleicht auch von Gott an der Hand nehmen zu lassen. Auf dem Weg in den Tod, vielleicht, ganz gewiß aber auf dem Weg zur vollkommenen Gleichmut.

Kapitel 5

»Also?« fragte Kriemhild, und sie war weit mehr als nur ungehalten; tatsächlich war sie wütender denn je. »Wo bleibt denn dein verdammter Gegenzug, Jodokus-größter-Feind-der-Götter?« Und als er nicht gleich eine Erwiderung gab, setzte sie in ätzendem Tonfall hinzu: »Wo bleibt der göttliche Vernichtungsschlag, der dich und alles im Umkreis von drei Tagesreisen in den Boden stampft?«

Jodokus beachtete sie nicht. Er horchte auf etwas, Laute, irgendwo hinter ihnen in den Wäldern. Daß er offenbar nicht bereit war, etwas auf ihren Vorwurf zu erwidern, erzürnte Kriemhild um so mehr.

»Du könntest mir wenigstens antworten«, schimpfte sie aufgebracht.

Ihre Pferde hatten sie nicht wiedergefunden, beide Tiere blieben wie vom Erdboden verschlungen. Zumindest aber waren Kriemhild und der Sänger am Vormittag auf einen befestigten Weg gestoßen, der laut Jodokus nach Nordosten und somit zu Salomes Zopf führte. Aber Kriemhild war nicht sicher, ob sie ihm überhaupt noch ein Wort glauben konnte, und das galt auch für seine angeblich so gute Orientierung.

Insgeheim wunderte sie sich gehörig über sich selbst. Ihre Gefühle für den Sänger befanden sich in einem ständigen Auf und Ab. Manchmal sah sie ihn als guten Freund und treuen Gefährten, und da waren Momente, in denen sie nahe daran gewesen war, ihm ihr Herz auszuschütten. Darauf aber folgten unweigerlich jene Augenblicke, in denen sie glaubte, das ganze Lügengebäude, das er um sich errichtet hatte, diene nur einem einzigen Zweck, eben ihre Freundschaft, zumindest aber ihr Mitleid zu erlangen.

Plötzlich wurde Kriemhild wieder von solch einem Drang erfüllt, mit ihm zu streiten, daß ihr selbst angst und bange wurde. Ihr Verhalten entsprach nicht ihrer Natur, ganz im Gegenteil, doch das machte es nur noch schlimmer. Daß seine Anwesenheit sie in solche Verwirrung stürzte, ließ ihren Zorn noch heftiger auflodern.

Er tat gut daran, sich nicht auf ihre Anschuldigungen einzulassen, und genaugenommen wußten sie das beide. Aber so sehr Kriemhild sich auch vornahm, sich zu beherrschen, so sehr mißglückte ihr doch jeder dieser Versuche. Und wenn es ihr doch einmal gelang, sich zu zügeln, dann war wiederum er es, der zum Streiten aufgelegt war. Denn, und das war das sonderbarste, Jodokus schien unter ähnlichem Wankelmut seiner Stimmungen und Gefühle zu leiden wie sie selbst.

»Ich weiß nicht genau«, fuhr Kriemhild fort, »warum du tust, was du tust, aber –«

»Still!« flüsterte er.

»*Bitte?*«

»Sei ruhig. Irgendwer ist hinter uns.«

»Wenn du glaubst, daß –«

»Nein«, schnitt er ihr grob das Wort ab. »Ich glaube gar nichts, ich höre etwas.«

Sie winkte ab, wenn auch nicht ganz so selbstsicher, wie sie es sich wünschte. »Ach, komm, das hatten wir schon einmal.«

»Richtig. Und seitdem gehen wir zu Fuß, und es vergehen keine hundert Schritte, auf denen du nicht jammerst, deine Füße täten dir weh.«

»Aber sie tun weh!«

Er schüttelte resigniert den Kopf, und sie sah ihm an, daß er irgend etwas Abfälliges über die Empfindsamkeit von Edeldamen dachte, aber um ihrer Freundschaft willen nicht aussprach.

Freundschaft – da war es schon wieder, dieses Wort.

»Was ist es diesmal?« fragte sie. »Donars Hammer?«

»Reiter«, gab er zurück. »Zwei, glaube ich.« Und damit ergriff er ihren Arm und zog sie zur Rechten des Weges ins Dickicht.

Kriemhild hatte die Wälder, durch die sie seit Tagen zogen, mehr als einmal verflucht und ihnen die übelsten Feuersbrünste an die Wipfel gewünscht, doch in diesem Augenblick war sie froh über die verwobene Dichte des Unterholzes. Spätestens als sie den Vorderen der beiden Reiter erkannte, machte sie sich hinter den Büschen so klein, daß sogar Jodokus ihr einen irritierten Blick zuwarf.

»Kennst du sie?« fragte er, als der schwarze Ritter und der kleine Junge vorübergeritten waren.

»Sie suchen mich.« Kriemhild war blaß geworden. Jede Lust zu streiten, die sie noch vor wenigen Atemzügen empfunden hatte, war auf einen Schlag verschwunden.

»Wer sucht dich?«

»Meine Brüder.«

Jodokus runzelte die Stirn. »Das da waren deine Brüder?«

»Nein.« Sie schluckte und machte noch immer keinen Versuch, sich aufzurichten. Am liebsten wäre sie den ganzen Tag hier im Dreck hockengeblieben, nur um sicherzugehen, daß niemand sie entdeckte. »Der eine war Hagen von Tronje, einer der engsten Berater des Königs. Den Jungen kannte ich nicht.« Und tatsächlich verwunderte es sie, daß der finstere Hagen sich mit einem Kind abgab. Ganz abgesehen davon, daß der Junge auf ihrem eigenen Pferd geritten war, auf Lavendel!

Jodokus straffte sich und starrte sie düster an. »Ein Berater des Königs macht sich auf, dich zu suchen? Ohne Soldaten, die ihn schützen?« Er schnaubte. »Komm schon, gewiß fällt dir etwas —«

»Hagen ist sich Schutz genug«, unterbrach sie ihn scharf.

»Du mußt ihm verflucht viel bedeuten, wenn er persönlich nach dir sucht.«

»Hagen? Er handelt nur im Auftrag des Königs.«

»König Gunther?«

Sie nickte. »Mein Bruder.«

Jodokus sah aus, als hätte sie ihm mit dem dicksten Ast, den sie finden konnte, vor die Stirn geschlagen. »Ich hätte es mir denken sollen.«

»Daß ich des Königs Schwester bin?«

Er schüttelte benommen den Kopf. »Daß ich mir mit dir nur noch mehr Ärger einhandle.«

»Einen, den die Götter jagen, sollte das nicht allzu arg belasten.«

Sein Blick verfinsterte sich einen Augenblick lang, doch dann verzogen sich seine Lippen zu einem lausbübischen Grinsen. »So groß kann der Schreck nicht gewesen sein, wenn du schon wieder anfängst zu streiten.«

Eilig rappelte sie sich auf, blickte vorsichtig aus dem Gebüsch und trat erst ins Freie, als sie ganz sicher sein konnte, daß die beiden Reiter verschwunden waren.

Von nun an würden sie Hagen jederzeit über den Weg laufen können, jetzt, da er vor ihnen war. Er verstand genug vom Spurenlesen, um bald zu bemerken, daß es keine Spuren mehr gab. Spätestens dann mußte ihm klarwerden, daß er Kriemhild längst eingeholt hatte. Und es mangelte ihm nicht an der nötigen Geduld, sie unterwegs zu erwarten.

»Gibt es noch einen anderen Weg zu Salomes Zopf?« fragte sie, als Jodokus neben ihr auf den Weg trat und argwöhnisch nach Osten spähte.

»Wenn du zwei Wochen Zeit hast, gewiß.«

Sie fluchte leise, dann versank sie in nachdenklichem Schweigen.

Jodokus ergriff ihre Hand und zog sie herum, bis

sie gezwungen war, ihm in die Augen zu sehen. »Weißt du eigentlich, was man mit mir anstellen wird, wenn herauskommt, daß ich der Schwester des Königs geholfen habe, ihre Unschuld zu verlieren?«

»Keine Sorge, deine Beteiligung daran endet vor Berenikes Tür.«

Er grinste. »Das schätze ich so an dir: die feinsinnige Höflichkeit, mit der du gewisse Dinge klarstellst.« So leise, daß sie es gerade noch hören konnte, fügte er hinzu: »Und dabei deine eigenen Hoffnungen fahren läßt.«

»Meine eigenen *Hoffnungen?*« wiederholte sie atemlos.

Sein Grinsen wurde noch breiter. »Du kannst nicht abstreiten, daß du mich magst.«

»Es gibt einen Unterschied zwischen mögen und *mögen*«, fuhr sie ihn an, viel zu laut angesichts ihrer ungewissen Lage. »Zum Beispiel würde ich es mögen, dir eine Ohrfeige zu geben, und wenn ich scharf nachdenke, fällt mir bestimmt noch die eine oder andere Scheußlichkeit ein.«

»Was dem einen scheußlich, ist dem anderen der Himmel.« Jetzt sah er aus, als könnte er sich ein lautes Lachen kaum mehr verkneifen. »Wo ziehst du die Grenze, Prinzessin?«

Schlagartig bemerkte sie, daß er immer noch ihre Hand hielt. Viel zu hastig riß sie sich los. »Du – !«

»Psst.« Er legte respektlos seinen bürgerlichen Sängerfinger auf ihren königlichen Schmollmund. »Und, Vorsicht: Beim nächsten Mal könnten es meine Lippen sein.«

Und damit ließ er sie stehen und folgte schnurstracks dem Weg nach Osten.

Kriemhild blieb einen Moment lang stehen und starrte ihm fassungslos nach; noch immer wölbte sich sein Wams über dem Weinschlauch wie ein Buckel. Schließlich wurde ihre Bestürzung von Wut verdrängt, und das war ihr nur recht: Mit ihrem Zorn konnte sie besser umgehen als mit Empfindungen, die sie nicht verstand und gegen die sie nicht ankämpfen konnte.

Als sie aber loslief und ihn einholte, da schrie sie ihn nicht an und machte auch keine bösen Bemerkungen mehr. Sie nahm sich fest vor, ihn mit eherner Mißachtung zu strafen. *Das* würde ihm zu schaffen machen!

Doch dann sagte er: »Ich glaube, ich weiß, warum es noch keinen Gegenzug gegeben hat«, und all ihre guten Vorsätze waren dahin.

»Weshalb?«

»Sie sammeln ihre Kräfte.«

»Und was bedeutet das?«

»Daß sie das Ende vorbereiten. Das große Finale.« Er wandte den Kopf und sah sie eindringlich von der Seite an. »Verstehst du, Prinzessin? Falls ich recht behalte, stehen wir kurz vor dem Schachmatt.«

❧

Am frühen Abend lichtete sich das Waldland, und die Masse aus dunklem Tann und hohen, mächtigen Laubbäumen löste sich auf in eine Vielzahl kleiner Bauminseln, verstreut über grüne Hügel, die sich nach Norden, Osten und Süden bis in die schiere Unendlichkeit erstreckten. Die Sonne stand golden über dem westlichen Wipfelmeer und strahlte ihnen grell in den Rücken. Im Osten aber wurde das Abendrot von der Dunkelheit verdrängt.

Sie wanderten weiter bis zum Sonnenuntergang, ohne ein Zeichen des Ritters und seines jungen Begleiters zu entdecken. Der Weg war außerhalb der Wälder in eine schmale Straße übergegangen, die irgendwann einmal gepflastert worden war; das mochte hundert oder mehr Jahre zurückliegen, denn der Boden hatte sich unter den Steinen an einigen Stellen gesenkt, an anderen gehoben. Alles war mit Moos und Gräsern überwuchert.

»Sie müssen neben der Straße reiten«, sagte Jodokus nachdenklich, »wenn sie nicht riskieren wollen, daß sich ihre Pferde die Fesseln brechen.«

Kriemhild nickte, obwohl sie kaum zugehört hatte. Tatsächlich war das weite Grasland rechts und links der Straße für Pferde viel besser geeignet als das löchrige Pflaster. Dies mußte einer der Wege sein, der seit Jahren von Händlern und Bauern gemieden wurde, nur so ließ sich die Verwahrlosung erklären. Offenbar waren sie Salomes Zopf bereits näher gekommen, als sie bislang angenommen hatten.

Freude aber empfand Kriemhilde keine darüber. Zum einen wuchs von nun an stetig die Gefahr, Hagen in die Arme zu laufen. Zum anderen aber überkam sie allmählich auch die Ungewißheit dessen, was sie bei Berenike erwarten mochte. Noch immer kannte sie keine Zweifel an ihrem Handeln, war völlig überzeugt vom Versprechen der Alten. Doch sosehr sie auch an das glaubte, was ihr zu tun oblag, sosehr ängstigte sie auch die Vorstellung vom Preis, den sie zahlen sollte.

Von den Unschuldigen verlangt der Christengott stets das größte Opfer, hatte Berenike gesagt. *Komm zu mir, wenn es soweit ist.*

Bald würde es soweit sein. Salomes Zopf lag irgendwo vor ihnen in der anbrechenden Nacht. Spätestens am nächsten Mittag würden sie das Heim der Erzhexe erreichen. Vorausgesetzt, sie wurden nicht aufgehalten.

»Hast du keine Angst?« fragte Jodokus, als hätte er in ihren Gedanken gestöbert wie in einer fremden Kleiderkiste. Wahrscheinlich war es nicht allzu schwer, ihr anzusehen, was in ihrem Kopf vorging.

Sie zögerte mit einer Antwort –

Und tatsächlich sollte sie nie eine geben. Denn im selben Augenblick schien der abendliche Schatten des nächsten Hügels zu gerinnen, als wollte die Dunkelheit Gestalt annehmen.

Doch was sie im ersten Moment für einen Geist, eine Ausgeburt des Jenseits hielten, erwies sich nur Herzschläge später als Mann in Umhang und Rüstzeug.

Hagen von Tronje trat aus der Finsternis auf sie zu. Als er den Schatten des Hügels verließ, spiegelte sich der rote Abendhimmel auf seinem Helm. Es sah aus, als tanzten Flammen um seinen Schädel.

Jodokus fuhr erschrocken zusammen, aber Kriemhild blieb gefaßt. »Wo sind deine Krähen, Ritter Hagen?« rief sie ihm entgegen. Zwischen ihnen lagen nicht einmal fünfzig Schritte. Er mußte sie schon eine ganze Weile lang beobachtet haben.

»Es sind Raben, Prinzessin, und ich bin kein Ritter. Beides weißt du sehr genau.«

»Verzeiht, wenn mich dein Auftritt verwirrt. Ich habe dich hier nicht erwartet.«

»Auch das entspricht schwerlich der Wahrheit.«

»Du bezichtigst mich der Lüge?« Sie rümpfte

empört die Nase, aber sie fand selbst, daß es ein armseliges Schauspiel war.

Hagen kam langsam näher. »Vielleicht gefällt es deinem neuen Freund zu hören, daß ich dich früher in solchen Momenten übers Knie gelegt habe, Prinzessin. Du warst schon immer ein ungezogenes Kind.«

»Ist es das, was du vorhast? Mich übers Knie zu legen?«

»Das steht wohl eher dem König zu. Oder deiner Mutter, die vor Sorge weder ißt noch schläft.«

Seine letzten Worte versetzten Kriemhild einen schmerzhaften Stich. Aber sagte er wirklich die Wahrheit? Hagen war ein Meister der Täuschung.

»Was hast du nun vor?« fragte sie.

»Ich bringe dich zurück nach Worms.«

Noch dreißig Schritte. Hagens Roß, der kleine Junge und Lavendel waren nirgends zu sehen. Wahrscheinlich warteten alle drei hinter dem Hügel.

»Du weißt, daß du mich zwingen mußt, mit dir zu gehen.«

»Es ist der Befehl des Königs, nicht meiner. Ich befolge nur seine Anweisungen. So, wie du es tun solltest.«

Verzweiflung kam in ihr auf, und es kostete sie beinahe all ihre Kraft, sie niederzukämpfen. Sie durfte jetzt nicht aufgeben.

»Wann, Hagen?« fragte sie bitter. »Wann war der Moment, in dem du all deine eigenen Gedanken und Gefühle fortgeworfen hast, um Platz zu schaffen für die des Königs?«

Er stutzte, dann schwieg er einige Schritte lang. Schließlich sagte er: »Ich habe deinem Vater viel zu verdanken, Kriemhild. Dankrat war ein weiser Herrscher. Und irgendwann einmal könnte Gunther ein ebensoguter König werden, wie euer Vater einer war.«

»Ein guter König, du liebe Güte!« Ihr Tonfall war verächtlich, obgleich sie keinen Haß auf Hagen empfand. Er war ebenso ein Opfer des Königshofes wie sie selbst. Mit dem Unterschied, daß er Opfer und Vollstrecker in einer Person war. »Wann wird mein Bruder in deinen Augen wohl ein guter König sein, Hagen von Tronje? Wenn du dich endgültig an ihn verkauft hast und genauso denkst wie er? Oder aber wenn er so kalt und gefühllos geworden ist wie du?«

Langsam kam er näher, ein unwirklicher Scherenschnitt vor dem fahlen Abendhimmel. Er sagte kein Wort, nur sein Kragen aus Rabenfedern knisterte leise im Wind. Plötzlich führte er beide Hände zum Helm und hob ihn vom Kopf. Darunter kamen ausgezehrte Züge zum Vorschein, kurzes, dunkles Haar, und eine schwarze Binde, die sein erblindetes linkes Auge bedeckte.

Jodokus beugte sich an Kriemhilds Ohr. »Mußt du nun auch noch mit ihm Streit anfangen?« flüsterte er verzagt.

Kriemhild ließ Hagen nicht aus den Augen. Noch fünfzehn Schritte. »Irgendwelche Vorschläge?« zischte sie Jodokus zu.

»Du hast doch nicht etwa vor –«

»Einverstanden«, unterbrach sie ihn lakonisch. »Dann machen wir es auf meine Art.«

Sie hatte kaum zu Ende gesprochen, da brach sie schon nach links aus, sprang von der Straße und rannte über die Wiese nach Norden.

Jodokus öffnete den Mund, um etwas zu sagen, doch da war sie schon fort. Zugleich geriet auch der schwarze Hüne in Bewegung. Wortlos ließ er den Helm fallen und machte sich an die Verfolgung der Prinzessin, ohne Jodokus eines einzigen Blickes zu würdigen.

Der Sänger stand mit hängenden Schultern auf der Straße und fühlte sich elend. »Du hast mir nicht gesagt, was du unter ›meine Art‹ verstehst!« Aber er flüsterte nur und kam sich dabei äußerst hilflos vor.

Kriemhild war bereits jenseits einer Hügelkuppe im Norden verschwunden, und Hagen von Tronje folgte ihr mit riesigen Sätzen. Mit Rüstzeug und Mantel hätte er niemals so flink sein dürfen. Jodokus hegte wenig Hoffnung für die Prinzessin.

Dann machen wir es auf meine Art.

Das machte ihn wirklich wütend. Was dachte sie sich nur dabei? Einen Moment lang erwog er, den beiden zu folgen, doch gegen Hagen konnte er ohnehin nichts ausrichten.

Jodokus fühlte sich nichtsnutzig und verloren, als er plötzlich so ganz allein dastand. Jäger und Gejagte waren auf und davon. Und er? Zornig zupfte er unter seinem Wams die Bänder zurecht, die den Weinschlauch hielten, dann wandte er sich wieder nach Osten. Er passierte Hagens Helm und erwog, ihn aufzuheben, ließ ihn dann aber doch lieber liegen. Er wollte nicht, daß es hieß, er hätte versucht, einen Vertrauten des Königs zu bestehlen; o nein, ganz gewiß nicht! Sollte sich all das edle Königsvolk doch kreuz und quer über die Hügel jagen! Ihn würde das nicht mehr belasten! *Ihn* nicht!

Aber natürlich konnte er in Wahrheit an nichts anderes denken, und Kriemhilds Schicksal berührte ihn längst viel mehr als sein eigenes.

Von finsteren Gedanken erfüllt stieg er den Hügel hinauf, über den Hagen ihnen entgegengekommen war. Auch von hier oben konnte er die Prinzessin und ihren Gegner nirgends entdecken. Es war tatsächlich, als hätte sich der Boden aufgetan und beide in die Tiefe gerissen. Ein seltsamer Friede lag über dem Land, der Jodokus' Neid weckte, war ihm selbst doch alles andere als friedlich zumute.

Als er die Ostflanke des Hügels hinabblickte, dem weiteren Verlauf der Straße nach, entdeckte er in einer dunklen Bodensenke ein Lagerfeuer. Die Sonne war jetzt gänzlich untergegangen, und der Einschnitt zwischen den Hügeln lag in völliger Dunkelheit. Nur das Feuer leuchtete Jodokus wie ein gefallener Stern entgegen. Aus der Ferne war nicht zu erkennen, wer dort lagerte, aber das war auch nicht nötig. Jodokus ahnte es auch so.

Eilig lief er die Straße bergab, verließ sie etwa hundert Schritte vor dem Feuer und pirschte vorsichtig näher heran. Seine Ahnung bestätigte sich. Unweit der Flammen hockte der kleine Junge im Gras, einen Dolch in der Hand, und ängstigte sich augenscheinlich fast zu Tode. Seine Augen zuckten aufgeregt hin und her, und er hatte Mühe, die Beine stillzuhalten. Die beiden Pferde standen ganz in seiner Nähe.

Mit Genugtuung, aber auch voller Sorge um Kriemhild, erkannte Jodokus, daß Hagen noch nicht zurückgekehrt war. Mochte der Teufel wissen, wohin es ihn und die Prinzessin verschlagen hatte. Wenn sie weiter mit dieser Geschwindigkeit nach Norden liefen, würden sie irgendwann ins Meer fallen.

Auf meine Art. Pah! Jodokus faßte einen Entschluß und dachte dabei, daß es allein seine eigene Art und Weise war, von der alles weitere abhing.

Obwohl Kriemhild es anzweifeln mochte, wußte

er gut mit seiner Stimme umzugehen. Jetzt stellte er es unter Beweis, indem er das Heulen eines hungrigen Wolfes ausstieß, leise, als sei das Tier noch weit entfernt. Sogleich schrak der Kleine am Feuer angstvoll zusammen und spähte mit verkniffenen Augen in Jodokus' Richtung. In der Dunkelheit aber vermochte er nichts zu erkennen, und so wuchs seine Furcht nur noch weiter.

Das Ganze begann dem Sänger allmählich Spaß zu bereiten, vor allem, da er selbst sich unsichtbar fühlte, der Junge aber weithin zu sehen war. Dennoch, so rief er sich selbst zur Vernunft, war er nicht hier, um Streiche zu spielen. Er war sicher, daß der Junge das Feuer gegen die ausdrückliche Anweisung seines Begleiters entfacht hatte, wahrscheinlich erst, als Hagen nach Anbruch der Nacht nicht zurückgekehrt war. Ein Glück für Jodokus.

Lautlos schlich er heran, achtete aber darauf, nicht in den Lichtkreis der Flammen zu geraten. Kriemhild hatte ihm erzählt, daß der Schimmel ihr gehörte, und der Sänger vertraute darauf, daß das Tier den Geruch der Prinzessin an seiner Kleidung wahrnahm. Freilich, er hätte einfach auf den Jungen zugehen, sich auf ein Handgemenge mit ihm einlassen und ihm eins überziehen können. Lieber aber wollte er versuchen, die Pferde zu stehlen, ohne daß der Kleine es bemerkte. Erst das war eine wahre Herausforderung!

Jodokus umrundete das Lager so weit, bis sich die Tiere genau zwischen ihm und dem Jungen befanden. Dann erst pirschte er näher heran. Im hohen Gras verursachten seine Sohlen nicht mehr als ein sanftes Rascheln, und selbst das ging unter im Säuseln der Nachtwinde, die über die Hügel strichen. Er erreichte den Schimmel und ließ dem Tier ausreichend Zeit, sich an seine Nähe zu gewöhnen. Tatsächlich schien das Pferd Kriemhilds Gerüche wiederzuerkennen und ließ ohne einen Laut geschehen, daß der Sänger das Seil löste, mit dem es an einem niedrigen Strauch gebunden war.

Wieder warf Jodokus einen Blick zu dem Jungen hinüber, diesmal zwischen den Beinen der Tiere hindurch. Der Kleine klammerte sich an den Dolch, als wollte er eine ganze Armee damit zur Strecke bringen. Sein Blick aber war nach Norden gerichtet, weit abgewandt von Jodokus und den beiden Pferden.

Der Sänger lächelte still vor sich hin, richtete sich wieder auf und näherte sich dem zweiten Roß. Hier mochte die Angelegenheit schwieriger werden. Erstens stand Hagens Pferd näher am Feuer, zum zweiten mochte es auf seine Weise genauso gefährlich sein wie sein Reiter. Einen Pferdebiß oder einen Tritt mit dem Huf konnte Jodokus jetzt am allerwenigsten gebrauchen.

Er machte einen Bogen um alle bedrohlichen

Teile des Tieres und löste den Knoten seiner Fessel. Das Roß hielt still, doch seine Augen schienen jede Regung des Sängers genau zu beobachten, als wartete es nur darauf, daß er in seine Reichweite kam; spätestens dann würde es zustoßen wie eine Schlange. Die Vorstellung steigerte nicht gerade die des Sängers Zuneigung für das Tier.

Blitzschnell huschte er mit dem Seil zurück zu Kriemhilds Schimmel. Er befestigte das Ende des Stricks am Sattel, bis beide Pferde fest miteinander verbunden waren. Zuletzt schwang er sich auf den Rücken der weißen Stute.

Das Leder des Sattels knirschte vernehmlich, und der Junge fuhr herum. Er sah voller Entsetzen die Gestalt auf dem Rücken des Schimmels und hielt den Dolch wie ein Breitschwert vor sich. Die Spitze wies auf Jodokus, doch zitterte sie kaum weniger als die Knie des Kleinen.

»Wer da?« rief er aus.

»Ein Freund des Königs«, gab Jodokus zurück. Das war vielleicht nicht ganz die Wahrheit: ›Ein Freund der Schwester des Königs‹ wäre wohl richtiger gewesen, doch für solche Haarspaltereien blieb jetzt keine Zeit.

»Ich sehe nur einen Pferdedieb!« rief der Junge mit schwankender Stimme.

»Mag schon sein«, erwiderte Jodokus und spornte den Schimmel an. Sogleich stürmte das Tier nach vorne. Die weiße Mähne wehte im Wind, und Jodokus war überwältigt von der zügellosen Kraft im Leib dieses Pferdes. Ein wunderbares Tier, einer Prinzessin, gar einem König nur zu würdig! In gewisser Weise vielleicht auch einem fahrenden Sänger. In *gewisser* Weise...

Der Junge schrie auf, als ihn das schwarze Roß im Schlepptau des Schimmels beinahe in den Boden stampfte. Er sprang gerade noch schnell genug zur Seite, um den mächtigen Hufen zu entgehen. Dabei verlor er den Dolch. Die Waffe fiel prompt ins Feuer. Tränen schossen dem Jungen in die Augen, als er seinen Widerwillen bezwang und trotz der Flammen nach der Waffe griff. Sie hatte nicht lange genug in der Glut gelegen, um sich zu erhitzen, dennoch versengte der Junge sich am Feuer die Finger.

Als er wütend aufschaute und wild mit der Waffe um sich hieb, waren Jodokus und die Pferde längst fort. Der Junge hörte nur noch, wie sie gen Osten davongaloppierten.

Jodokus schaute zurück und sah den Umriß des Kleinen vor dem Feuer. Der Junge tat ihm aufrichtig leid. Hagen würde das Kind bestrafen, sobald er von dem Diebstahl erfuhr. Jodokus selbst wollte möglichst weit fort sein, wenn der Zorn dieses Mannes zum Ausbruch kam.

Er war noch nicht lange durch die Dunkelheit geritten, als sich vor ihm etwas regte.

»Heh!« rief jemand, gerade laut genug, um den Lärm der Hufe zu übertönen.

Eine weibliche Stimme.

Jodokus zügelte den Schimmel mit einem kräftigen Ruck. Es war zu dunkel, um ein Gesicht auszumachen.

»Mir scheint, das ist mein Pferd, auf dem Ihr sitzt, fremder Recke!« sagte Kriemhild und plötzlich prustete sie vor Lachen. »Welche Anmaßung!«

Jodokus war überhaupt nicht zum Lachen zumute. »Wo kommst du her?«

»Ich sagte doch, wir machen es auf meine Art.«

»Deine –«, begann er lautstark, ehe ihm einfiel, daß dies nicht der rechte Zeitpunkt für einen neuerlichen Disput war.

»Laß mich auf Lavendel reiten«, sagte Kriemhild. »Du kannst Hagens Pferd nehmen.«

»Aber wo ist –«

»Hagen? Der dürfte mich ein ganzes Stück weiter nördlich suchen. Wenigstens hoffe ich, daß ich ihn abgehängt habe.«

»Du *hoffst?*«

»Ein Narr, wer sich im Umgang mit Hagen von Tronje in Sicherheit wiegt.« Sie lachte leise. »Nun komm schon runter.«

Jodokus gehorchte, ohne nachzudenken, so verwirrt war er. Erst als er am Boden stand und Kriemhild sich in den Sattel des Schimmels zog, dämmerte ihm, daß sie tatsächlich von ihm verlangte, auf dem schwarzen Teufelsgaul zu reiten.

Widerwillig näherte er sich dem Roß.

»Tritt nie von hinten an ein Pferd heran«, erklärte Kriemhild schmunzelnd, »besonders nicht an dieses.«

»Vielen Dank«, knurrte er düster. Zaghaft legte er eine Hand auf den Sattel und schob einen Fuß in den Steigbügel. Mit klopfendem Herzen erwartete er, daß das Tier mit ihm durchgehen würde. Doch dann saß er sicher auf dem Rücken des Rosses und schlang sich die Zügel um die rechte Hand.

»Ho!« spornte Kriemhild ihren Schimmel an. Es war ein großartiges Gefühl, Lavendel wieder unter sich zu spüren. Plötzlich fühlte sie sich vollkommen frei und siegessicher. Nichts mehr konnte sich jetzt noch zwischen sie und Berenike stellen.

Auch Jodokus trieb sein Pferd voran, wenn auch weniger nachdrücklich und immer darauf bedacht, das gewaltige Schlachtroß nicht zu verärgern. Ein wenig fühlte er sich, als versuche er, einen Lindwurm aus den alten Legenden zu zähmen, unberechenbar und zu jeder Zeit bereit, sich gegen den eigenen Meister zu wenden. Freilich war dies nicht das erste Pferd, das er in seinem Leben gestohlen hatte, aber es war ganz sicher das allererste, dem er solchen Respekt zollte. Er fragte sich, ob es wirklich eine weise Entscheidung war, das letzte Stück der Reise auf solch einem Ungetüm anzutreten.

Lavendel war in rasenden Galopp verfallen, als ein gellender Pfiff über die nächtlichen Hügel schrillte. Kriemhild blickte sich nach Jodokus um und sah gerade noch, wie das schwarze Roß von einem Herzschlag zum anderen stehenblieb, als sei es mit allen vieren am Boden festgewachsen. Der Sänger schrie auf und flog in hohem Bogen über Hals und Schädel des Pferdes hinweg, strampelte wild mit Armen und Beinen, um dann mit einem dumpfen Laut ins Gras zu fallen.

Kriemhild riß Lavendel herum und ritt in einem engen Bogen zurück. Besorgt schaute sie auf Jodokus herab, der sich mit einer Grimasse das rechte Bein hielt. Wie es aussah, hatte er Glück, daß er sich nicht das Genick gebrochen hatte.

»Kriemhild!« gellte eine Stimme über die nachtdunkle Landschaft. »Du solltest dir anhören, was ich zu sagen habe!«

Aufgebracht blickte sie sich um, erkannte aber nichts als den welligen Horizont vor dem sternenklaren Nachthimmel. Entfernung und Tiefe waren wie aufgehoben; alles zwischen ihr und der Hügellinie versank in formlosem, undurchschaubarem Schwarz.

Sie beugte sich zur Seite und streckte Jodokus die Hand entgegen. »Los, hoch mit dir!«

Der Sänger hatte Mühe, überhaupt auf die Beine zu kommen, doch schließlich packte er Kriemhilds Hand und zog sich mit ihrer Hilfe in den Sattel.

»Prinzessin!« rief Hagen erneut, und diesmal klang es schon sehr viel näher. »Geh nicht zu Berenike! Du weißt nicht, was dich erwartet!«

Sie gab keine Antwort. Statt dessen raunte sie Jodokus zu: »Halt dich an mir fest!« Er hatte kaum seine Arme von hinten um ihre Taille geschlungen, da sprang Lavendel auch schon los, trug sie fort von Hagens tückischem Roß und aus der unmittelbaren Gefahr, abermals aufgehalten zu werden.

Hagen rief wieder ihren Namen und noch etwas anderes hinterher, aber beides ging im Donnern der Hufe unter.

Nach einer Weile sagte Jodokus: »Er wird uns einholen. Sein Pferd muß nur einen Reiter tragen, es ist auf alle Fälle schneller. Es sei denn...«

»Was?«

»Der Junge. Er wird ihn nicht allein zurücklassen, oder?«

»Das weiß nur Hagen selbst.«

Allmählich begannen sie auf dem galoppierenden Roß zu frieren.

Jodokus fragte: »Hast du eine Ahnung, wovor er dich warnen wollte?«

»Vor Berenike, nehme ich an.«

»Woher weiß er, daß du zu ihr willst?«

»Ich habe ihm von ihr erzählt, damals, als sie in Worms war.«

»Du hast *was*?« Ungläubig starrte er ihren Hinterkopf an. Ihr wehendes Haar kitzelte seine Nase.

»Hagen ist ein sonderbarer Mann. Man kann ihm Dinge anvertrauen, ohne daß er zu jemandem darüber spricht.«

»O ja, gewiß.«

»Hagen ist verschwiegener als jeder andere am Hof. Er schweigt ohnehin die meiste Zeit.«

»Trotzdem wirkt er so...« Jodokus verstummte, als ihm nicht das richtige Wort einfiel.

»Böse?« fragte sie. »Aber nein. Vertraue ihm ein Geheimnis an, und der einzige, der es gegen dich verwenden könnte, ist er selbst. Niemand sonst wird je davon erfahren.« Sie zögerte einen Moment. »Und er ist geradezu besessen von seiner Treue zur königlichen Familie.«

»Du glaubst allen Ernstes, er hat niemandem erzählt, wo du hin willst?«

»Niemandem.«

»Keine Soldaten, die ihm in einigem Abstand folgen? Keine Krieger der königlichen Leibwache?«

Sie schüttelte den Kopf. »Nur er allein. Er hat mir damals versprochen, niemals mit irgendwem über Berenike zu reden. Er würde lieber sterben, als solch einen Eid zu brechen.«

»Was dir auch nicht helfen wird, wenn er uns einholt. Er sieht aus, als könnte er ganz gut allein mit dir fertig werden – und mit Berenike noch dazu«

Kriemhild lachte hell auf. »Aber ich habe doch dich!«

Darauf fiel ihm nichts mehr ein, und so blickte er unsicher über seine Schulter zurück nach Westen. Falls Hagen sie schon verfolgte, so war er ein Teil der Finsternis.

Die Unruhe des jungen Sängers legte sich erst, als ihm bewußt wurde, daß er eine leibhaftige Prinzessin in den Armen hielt. Egal, wie auch die Umstände waren: Er spürte ihren schlanken, warmen Körper an seinem eigenen, und alle Ängste waren auf einen Schlag wie fortgewischt.

Er und Kriemhild allein in der Nacht. Leib an Leib. Ihr Haar an seinen Wangen.

Was für ein Wagnis! Was für ein Abenteuer!

»Hast du dich noch nie gefragt«, fragte Kriemhild, als vor ihnen die Sonne aufging, »wer den Unterschied zwischen einem Berg und einem Hügel festgelegt hat? Ich meine, wer hat gesagt: ›Das dort soll fortan ein Berg sein‹ und ›Das da ist ein Hügel‹?«

Jodokus schaute auf. »Wen kümmert das?«

»Mich.«

»Also«, meinte er seufzend, »mir ist das völlig gleichgültig.« Es kam oft vor, daß Kriemhild über Dinge redete, die er nicht verstand. Und er hatte das Gefühl, als geschähe es immer häufiger, seit Salomes Zopf in Sichtweite war.

Die Hügelkette – oder Bergkette, denn sie war weit höher, als Kriemhild erwartet hatte – erhob sich als geschwungene Silhouette vor dem Sonnenaufgang. Das Land lag da wie in Gold getaucht. Die Straße schien geradewegs über Salomes Zopf hinweg ins Zentrum eines Feuerofens zu führen. Der Name dieses Landstrichs hatte eine gewisse Berechtigung, fand Kriemhild, denn die Berge lagen tatsächlich da wie ein geflochtener Zopf, so gleichmäßig und gerundet waren die Kuppen ihrer Erhebungen. An ihrem Fuß wuchs eine schwarze Mauer aus Bäumen empor. Jenseits davon war ein Ende der Wälder nicht abzusehen. Sie bedeckten den Höhenzug wie ein dichtes, dunkles Tuch, und Kriemhild fragte sich unwillkürlich, wie es darunter aussehen mochte, in den Schatten uralter Tannenhaine und den Tiefen zerklüfteter Felsspalten. Ein Schauder lief ihr über den Rücken; sie hätte nicht sagen können, ob sie ihn als wohlig oder warnend empfand.

»Am Waldrand trennen wir uns«, entschied sie, und ihr Tonfall verriet, daß sie keinen Widerspruch dulden würde.

»Und was wird dann aus mir?« Da war etwas in Jodokus' Stimme, das sie nicht gleich einordnen konnte. Er war beleidigt, gewiß, aber da war auch noch etwas anderes. Sorge, vielleicht. Und nicht um seiner selbst willen.

Lieber Himmel, er machte sich tatsächlich Sorgen um sie!

Kriemhild zügelte das Pferd und warf einen Blick zurück auf die einsame Straße, über die sie gekommen waren. Keine Spur von Hagen. Überhaupt kein Anzeichen von Leben. Auch auf den Wiesen im Norden und Süden zeigten sich weder Mensch noch Tier.

Mit einem Stöhnen glitt sie aus dem Sattel und vertrat sich die Beine. Sie waren die ganze Nacht hindurch geritten, ohne Rast, ohne zu essen und zu trinken.

Jodokus sprang gleichfalls zu Boden, und sofort meldete sich sein verletztes Bein. Er keuchte auf, teils vor Überraschung, teils vor Schmerz; dann knickte das Bein ein, und er lag fluchend am Boden. Kriemhild half ihm auf die Füße.

»Danke«, sagte er und verzog das Gesicht, »es geht schon wieder. Laß uns ein paar Schritte laufen, damit ich mich daran gewöhnen kann.«

Kriemhild führte Lavendel am Zügel, und so wanderten sie weiter nach Osten. Der Waldrand unterhalb der Berge war noch einige Bogenschußweiten entfernt, aber Kriemhild schätzte, daß sie ihn erreichen würden, bevor die Sonne ein Drittel ihrer Bahn bewältigt hatte.

»Wir waren uns doch einig, oder?« sagte sie und beobachtete Jodokus aus dem Augenwinkel. »Ich muß allein zu Berenike gehen. Es geht nicht anders.«

»Hat sie das gesagt?« Trotz lag in seinem Tonfall, fast wie bei einem Kind.

Kriemhild zögerte. »Nein.«

»Woher weißt du es dann?«

»Ich ... es ist eben so.«

»Du willst mich nur loswerden.«

»So ein Unsinn.«

»Der dumme Sänger hat seine Aufgabe erfüllt und darf gehen. Ganz wie bei Hofe, nicht wahr? Das letzte Lied ist gesungen, und das Fußvolk darf sich zurückziehen.«

Sie warf ihm einen mahnenden Blick zu. »Ich werde nicht schon wieder mit dir streiten.«

Jodokus schnaubte verbissen. »Dabei hätten wir zum ersten Mal einen echten Grund.«

Ein erschöpftes Seufzen kam über ihre Lippen. »Wieso willst du mitgehen? Was hast du davon?«

»Du brauchst jemanden, der dir beisteht. Das hast du selbst gesagt.«

»Aber wenn ich Salomes Zopf erreicht habe, bin ich in Sicherheit.«

»Das sagst du. Denk' an Hagens Warnung.«

»Er hätte alles gesagt, nur um mich zurückzuhalten.«

Jodokus runzelte die Stirn. »Das klingt aber gar nicht nach dem ehrlichen Edelmann, als den du ihn beschrieben hast.«

»Es ist nicht so einfach. Man kann Hagen nicht in ein paar Sätzen gerecht werden.«

»Du magst ihn, nicht wahr?«

»Ich respektiere ihn für das, was er sein könnte, wäre er nicht der Handlanger des Königs.«

»Immerhin deines Bruders.«

Sie schüttelte den Kopf. »Hagens Treue gilt allein dem Thron, nicht den Gefühlen des Mannes, der darauf sitzt. Bei mir ist es genau umgekehrt: Ich liebe Gunther als meinen Bruder – jedoch als König...«

Sie verstummte mitten im Satz, hob die Schultern und lächelte fahrig. »Ich sagte ja, es ist nicht einfach.«

»Ich glaube, du gefällst mir auch besser als Frau denn als Prinzessin.«

Sie lachte, aber ihr Blick war traurig. »Ich werde nie in meinem Leben etwas anderes sein als eine Prinzessin. Das ist mein Schicksal, fürchte ich.«

Er schwieg eine Weile, dann fragte er: »Hat man je davon gehört, daß eine Prinzessin und ein fahrender Sänger...«

»Zusammen reisen?«

Er schaute zu Boden. »Ja. Das war es wohl, was ich meinte.«

Kriemhild lächelte. »Ich glaube, es kommt nicht oft vor.«

Da kreuzten sich ihre Blicke, und sie hatten plötzlich Mühe, ernst zu bleiben, obgleich doch beiden so schwer ums Herz war. Jodokus' Schmerzen wurden schlagartig besser, und bald schon stiegen sie wieder auf Lavendels Rücken.

»Ein Rätsel«, sagte Jodokus plötzlich. »Was ist das: Zwei geben es und fünf nehmen es?«

Kriemhild überlegte vergeblich. »Sag's mir.«

»Nasenrotz.« Und darüber lachte er so herzlich und roh, daß Kriemhild nicht anders konnte, als einzufallen.

Und so ritten sie weiter, lachten viel und redeten Unsinn, während vor ihnen die Sonne höher stieg und die Schatten der Bäume kürzer wurden.

Aus der Nähe besehen wirkte Salomes Zopf nicht mehr ganz so ebenmäßig und kunstvoll in die Landschaft drapiert wie von fern. Die Bergkuppen waren zerklüfteter, als es am Morgen den Anschein gehabt hatte, und selbst dort, wo der Wald noch nicht Fuß gefaßt hatte und die Erde weitgehend eben war, zeigten sich erste Spalten im Boden, so daß sie achtgeben mußten, wohin Lavendel die Hufe setzte.

Sie hatten den Waldrand kaum erreicht, als Jodokus bei einem seiner regelmäßigen Blicke über die Schulter etwas entdeckte.

Er gab Kriemhild einen sanften Stoß. »Sieh dir das an!«

Sie folgte seinem Blick und entdeckte einen dunklen Punkt im Grün der Wiesen, unweit der Straße und noch viele Bogenschußweiten entfernt. Als sie die Augen zusammenkniff, erkannte sie, daß es ein Pferd war. Darauf saßen zwei Gestalten, eine groß und dunkel, die andere klein und verloren.

»Wie lange werden sie brauchen, ehe sie hier sind?« fragte Jodokus.

»Hagen wird sein Pferd nicht schonen«, gab Kriemhild nachdenklich zurück. »Aber ich glaube, im Wald wird er uns kaum wiederfinden.«

Jodokus starrte immer noch aufmerksam ihren Verfolgern entgegen. »Den Jungen hat er also tatsächlich mitgenommen.«

»Vielleicht ist das gar nicht so sonderbar.«

»Wie meinst du das?«

Aber Kriemhild hatte ihre Aufmerksamkeit schon wieder dem Waldrand zugewandt. Die Bäume standen ungemein dicht und waren von verschlungenem Dickicht durchwoben. »Wir müssen einen Weg hinein finden.«

Die Straße führte, von zahlreichen Rissen durchbrochen, bis zu den Wurzeln der vorderen Bäume. Dort aber schien es, als habe der Wald ihren weiteren Verlauf regelrecht verschluckt; zwischen Ranken und Büschen war kein einziger Pflasterstein zu erkennen. Auch war es seltsam, daß die Spalten im Boden offenbar erst entstanden waren, nachdem die Straße angelegt worden war. Etwas mußte die Erde bis in ihre Grundfesten erschüttert haben, um solche Zerstörungen zu bewirken.

Statt sich aber von diesen Beobachtungen beunruhigen zu lassen, fühlte Kriemhild sich durch sie nur in der Überzeugung bestärkt, daß ihr Entschluß der richtige war. Dies war ein mächtiger Ort, und Berenike mußte eine mächtige Frau sein, wenn sie hier lebte. Mächtig genug, das Elend der Pest zu beenden.

»Sieht aus, als müßten wir uns durch die Büsche schlagen«, sagte Jodokus und wirkte dabei nicht allzu glücklich.

»Du kannst immer noch hierbleiben.«

»Und dich allein da reingehen lassen? Kommt gar nicht in Frage.«

»Du wirst mir nur deine Götter auf den Hals hetzen.« Sie hatte scherzhaft klingen wollen, dabei aber vergessen, daß er in diesem Punkt keinen Spaß verstand. Er wurde sofort kreidebleich, als hätte er viel zu lange keinen Gedanken an die Gefahr verschwendet, die er zu Anfang ihrer gemeinsamen Reise gar nicht oft genug hatte heraufbeschwören können.

Um ihn abzulenken, sagte Kriemhild schnell: »Du mußt mir etwas versprechen.«

»Was?« Seine Stimme schwankte noch immer, als sei er im Geiste ganz woanders.

»Sobald wir an Berenikes Schwelle stehen, werden wir uns trennen.«

»Keine Sorge«, entgegnete er gefaßt. »Ich bin nicht wild darauf, diesem Weib gegenüberzutreten. Obwohl ihr die Begegnung mit einem rechten Mann vielleicht ganz guttäte.«

»Du bist ein Scheusal!«

»Sie muß häßlich wie die Nacht sein, wenn sie es nötig hat, sich an solch einem Ort zu verstecken.«

»Jodokus!« Kriemhild tat empört und unterdrückte ein Grinsen. »Nicht jeder ist so aufs Äußere bedacht wie du.«

»Ein Glück für dich! Wer weiß, ob es ein anderer so lange mit dir ausgehalten hätte.«

Kriemhild rümpfte die Nase, dann stieg sie vom Pferd und näherte sich zu Fuß dem Wald. Von seiner Wildheit und Unzugänglichkeit abgesehen, wirkte er nicht gefahrvoller als jeder andere Forst im Burgundenreich. Dennoch überkam sie Beklommenheit.

»Was geschieht mit dem Pferd?« fragte Jodokus, als auch er zu Boden sprang.

»Es gehört dir.«

»Unsinn. Du brauchst es für den Rückweg.«

»Ich bin sicher, Berenike wird mir helfen, nach Hause zu kommen. Auf ihre Weise.«

»Ich an deiner Stelle würde nicht so großes Vertrauen in diese Hexe setzen.«

»Und ich an deiner Stelle würde in Berenikes Wald meine Zunge hüten.«

Er schnitt ihr eine Grimasse, dann meinte er: »Das Pferd kann ich trotzdem nicht annehmen.«

»Dann muß es wohl verhungern.«

Er trat auf sie zu und ergriff ihre Hand. Diesmal ließ sie es zu, genoß die Berührung sogar. »Du weißt«, sagte er sanft, »daß Lavendel und ich hier draußen auf dich warten werden, nicht wahr? Egal, wie lange es dauern wird.«

Da umarmte Kriemhild ihn und kämpfte mit den Tränen.

Bald schon aber mußten sie aufbrechen. Sie hatten fest damit gerechnet, das Pferd zwischen den äußeren Bäumen anbinden zu müssen – ein wenig abseits, damit Hagen nicht darauf stieß –, so daß Jodokus den Schimmel bei seiner Rückkehr befreien konnte. Jetzt aber, als Kriemhild zwischen die vorderen Bäume trat, da war es, als sei dort plötzlich eine Schneise entstanden, sehr schmal und leicht zu übersehen. Und doch war Kriemhild sicher, daß sie vorher nicht dagewesen war. Sie mochte sich täuschen, doch als sie Jodokus danach fragte, meinte auch er, die Schneise früher nicht bemerkt zu haben.

Der Einschnitt war gerade breit genug, daß Lavendel hindurch paßte. Kriemhild nahm es als weiteren Beweis von Berenikes Kräften hin, und ihre Hoffnungen bekamen neuen Auftrieb. Mit frischem Mut machte sie sich auf den Weg, führte den Schimmel am Zügel, während Jodokus hinterherging. Der Sänger blickte mit umwölkter Stirn auf die Wurzeln und Äste, welche die Seiten der Schneise bildeten. Es gab keine Spuren von Axthieben; tatsächlich schien es, als sei der Weg auf natürliche Weise entstanden. Jodokus erwartete sorgenvoll, daß er sich jeden Moment um sie schließen mochte, wie das verholzte Maul eines Waldriesen. Doch nichts rührte sich. In den Baumkronen sangen die Vögel, kleines Getier wieselte zwischen den Stämmen umher, und nichts wies darauf hin, daß dies ein Ort der Verderbtheit oder Schwarzer Magie war. Vielleicht, so meinte er schließlich, hatte Kriemhild doch recht. Dann aber fiel ihm der Preis ihrer Unschuld ein, und er sagte sich, daß niemand, der Gutes im Sinn führte, so etwas von ihr verlangen würde.

Kriemhild dagegen schritt schneller aus, je höher

sie in die Berge stiegen. Sie war überzeugt, daß der Pfad sie zum Haus der Erzhexe führen würde. Ihr Zögern beim Anblick des Waldes war gänzlich geschwunden, vielmehr schien er ihr nun in seiner urtümlichen Wildheit schön und wundersam. Der Schimmel zögerte manches Mal, bevor er einen Schritt machte, doch Kriemhild achtete kaum darauf. Einmal ertappte sie sich dabei, daß sie das Pferd und Jodokus einen Moment lang völlig vergessen hatte, aber sie schob es auf ihre Aufregung und die freudige Erwartung.

Sie waren bereits eine ganze Weile bergauf marschiert, als Kriemhild plötzlich stehenblieb. Der Einschnitt führte über eine Erhebung und verschwand auf der anderen Seite aus ihrem Blickfeld. Jenseits des Erdbuckels ragten in weiter Ferne zwei Türme aus grauem Bruchstein empor.

»Wir sind da«, flüsterte sie zu sich selbst, als hätte irgendwer Zweifel daran geäußert.

Jodokus drängte sich ächzend an Lavendels Pferdeleib entlang, wobei ihm das dichte Astwerk die Haut zerkratzte. Leise vor sich hin schimpfend kam er neben Kriemhild zum Stehen. Zögernd folgte er ihrem Blick hinüber zu den Türmen.

Beide waren mindestens ebenso hoch wie die höchsten Bauten der Königsburg zu Worms. Dabei wirkten sie nicht halb so düster, wie Kriemhild es vom Hort einer Hexe erwartet hatte. Die Sonne badetete die Türme in ihren Strahlen und verlieh den Mauern einen goldgelben Glanz. Die Dächer waren spitz und aus dunklem Schiefer; von beiden flatterten rote Fahnen. Auf einem stand gar ein bronzener Wetterhahn, der sich langsam im Wind drehte.

»Ich glaube, den Rest des Weges kann ich allein gehen«, sagte Kriemhild, ohne den Blick von den Türmen zu nehmen.

Jodokus blieb argwöhnisch. »Nur noch ein Stück. Ich will sehen, wie das Ganze aus der Nähe aussieht.«

»Wie soll es schon aussehen?«

»Warten wir's ab.«

So zogen sie weiter, jetzt nebeneinander, während Lavendel widerwillig folgte. Sie überschritten die Kuppe und sahen, daß der Weg dahinter schnurgerade in ein weitläufiges Tal hinabführte. Rund um die Türme zog sich eine Mauer. Zu Kriemhilds Überraschung lag das Anwesen auf einer Klippe, die sich über dem nebelverhangenen Grund der Senke erhob. Darunter war das Waldland gänzlich von grauem Dunst verschleiert, nur hier und da stachen die Wipfel einiger Fichten düster aus den bleichen Schlieren.

Der Weg führte nicht am Talboden durch den Wald, sondern über einen natürlichen Felsendamm, der sich oberhalb des Nebels bis zur Klippe erstreckte. Eine verwunschene Stimmung lag über dem Tal und den beiden Türmen, die es bewachten, doch nicht einmal Jodokus hätte sie als abweisend oder gar feindselig beschreiben können. Der Sänger hatte während seiner Wanderschaft viele Herrschaftssitze gesehen, und dieser hier unterschied sich äußerlich kaum von den übrigen. Und doch schien eine sonderbare Atmosphäre in der Luft zu liegen, beinahe ein Knistern, als wäre das ganze Tal von Magie erfüllt. Am liebsten hätte er Kriemhild ergriffen und sich mit ihr auf dem schnellsten Weg davongemacht. Aber ein Blick in ihr Gesicht genügte, um zu erkennen, daß sie niemals freiwillig umkehren würde. Berenike hatte sie längst in ihren Bann geschlagen, ganz gleich, ob er zauberischer Natur war oder nicht.

»Von jetzt an gehe ich alleine weiter«, sagte Kriemhild, und diesmal verriet ihr Tonfall nur zu deutlich, daß sie Widerspruch nicht dulden würde.

»Wie du meinst«, erwiderte Jodokus betrübt, um dann schnell hinzuzufügen: »Willst du es dir nicht doch noch einmal überlegen? Du mußt doch fühlen, daß hier –«

»Versuche nicht, mich umzustimmen.« Und plötzlich sah sie ihm in die Augen und lächelte. »Bitte, Jodokus. Ich bin diesen Weg nicht gegangen, um so kurz vor dem Ziel aufzugeben. Es ist meine Entscheidung, mein Wille, und das solltest du akzeptieren.«

»Du bist eine Prinzessin«, entgegnete er leise, »und du kannst mir befehlen, daß ich –«

»Nein!« widersprach sie, aber es klang sanft, nicht abweisend. »Ich würde dir niemals einen Befehl geben. Du bist mein Freund, oder?«

»Und gerade deshalb meine ich, wir sollten umkehren.«

»Kehre du um. Und warte ein, zwei Tage auf mich, wenn du das wirklich möchtest. Wenn ich dann noch nicht zurück bin...« Sie verstummte und zuckte gelassen mit den Schultern, ohne jede Spur von Traurigkeit. Es war, als verabschiedete sie sich, um in ein Kloster einzutreten; sie löste sich von allem Weltlichen und vertraute sich einer Macht an, die jenseits menschlichen Begreifens lag.

Und vielleicht war es ja genau das, was Jodokus solchen Kummer bereitete. Aber er wußte, es würde keinen Sinn haben, ihr das zu erklären.

Sie verabschiedeten sich sehr förmlich, als sei es ihnen unangenehm, etwas zu überspielen, von dem sie doch beide wußten, daß es da war. Sie küßten sich nicht.

Jodokus nahm Lavendel am Zügel, und der Schimmel hatte einige Mühe, sich in der engen Schneise umzuwenden. Als es ihm endlich gelungen war, verschwand Kriemhild aus Jodokus' Sicht, und er fragte sich, was sie wohl denken mochte, während sie sich voneinander entfernten.

Wahrscheinlich war sie in Gedanken schon bei der Hexe, und er selbst war längst vergessen.

❦

Jodokus beschäftigte sie, beinahe gegen ihren Willen. Kriemhild wollte sich auf das konzentrieren, was vor ihr lag, auf Berenike und auf ihr weiteres Schicksal. Und doch schob sich das Antlitz des Sängers immer wieder vor ihre Augen, und seine Worte über Götter, den Dichtermet und die grausamen Spiele der Unsterblichen klangen noch lange in ihren Ohren nach. Sie hätte ihn zum Abschied gerne umarmt, hätte ihm gerne gestanden, wie wichtig es für sie war, daß er sie hierher begleitet hatte, doch etwas hatte sie daran gehindert. Sie wünschte sich, es auf Berenike und ihren Einfluß schieben zu können, doch in Wahrheit war es etwas ganz anderes: ihre Erziehung als stolze, unnahbare Schwester eines Königs. Der Fluch, eine Prinzessin zu sein.

Ihre Empfindungen zerrten sie entzwei zwischen Bedauern um den verlorenen Freund und einer ungewohnten Euphorie über Berenikes Nähe. Zum erstenmal gelang es Kriemhild, sich selbst die Frage zu stellen, ob die Hexe tatsächlich einen Zauber über sie gesprochen hatte.

Wiewohl, dieser Augenblick der Klarheit verflog geschwind und mit ihm alle Gedanken an Jodokus. Die Erinnerung an ihn verflüchtigte sich in einen verborgenen Winkel ihrer selbst, und dort mochte sie weiter gedeihen und sich eines Tages erneut bemerkbar machen – oder aber vollends verkümmern.

Kriemhild wanderte mit weiten Schritten den Pfad hinab. Es war deutlich zu erkennen, daß dies kein Weg war, der häufig benutzt wurde. Tatsächlich war der schmale Einschnitt mit dichtem, unberührtem Gras bewachsen, das keinerlei Spuren von Füßen oder Hufen zeigte.

Endlich erreichte sie jene Stelle im unteren Teil des Abhangs, an der die Bäume zu beiden Seiten zurückblieben und der Weg hinauf auf den schroffen Felsenwall führten, der sich wie ein Band über das dunstige Nebelmeer bis zur Klippe und den beiden Türmen spannte. Aus der Nähe erkannte sie, daß sich hier vor Äonen die Felsen von rechts und links gegeneinander geschoben und dabei einen Aufwurf gebildet hatten. Gewaltige Steinschollen stachen in bizarren Winkeln in die Höhe und bildeten die Flanken des Damms. Manche von ihnen fielen so steil in die Tiefe, daß ein Sturz unweigerlich in den Tod führen mußte; andere Oberflächen hingegen waren derart zerfurcht, daß sich in ihren Spalten und Winkeln Gesträuch und kleine Bäume angesiedelt hatten. Irgendwann einmal mußten hier gewaltige Kräfte die Erde erschüttert haben. Kriemhild erinnerte sich an die verschwundene Straße und fragte sich plötzlich, wie lange diese Erschütterungen tatsächlich zurückliegen mochten; vielleicht nicht gar so lange, wie der Anblick des Felsenkammes einen glauben machte.

Es war ein seltsames Gefühl, dem Hochweg über den Nebel zu folgen, weit über den höchsten Fichtenwipfeln. Der Wind pfiff kühl um Kriemhilds Wangen und erfüllte die Luft mit beständigem Säuseln. Raubvögel schwebten am Himmel, schwarze Sicheln, die auf der Suche nach Beute ihre Kreise zogen. Die Sonne hatte längst ihren höchsten Punkt erklommen, und dennoch wollten sich die Schwaden nicht vom Talboden lösen. Das Licht brach sich in den oberen Schichten des Nebels und erfüllte ihn mit geisterhaftem Leuchten. Der Dunst bildete wundersame Formen, und Kriemhild mußte den Blick abwenden, um nicht Gesichter und Alptraumwesen darin zu erkennen. Aus den Wäldern drang kein Laut herauf, nichts Lebendiges zeigte sich auf dem Weg zum Hexenhort. Allein der Wind blieb unsichtbar an Kriemhilds Seite und schien ihr Botschaften in einer geheimen Sprache zuzuraunen, die niemand außer ihm selbst verstand.

Im Näherkommen entdeckte sie, daß die beiden Türme keineswegs von der Mauer umringt wurden, wie sie von weitem angenommen hatte, sondern vielmehr darin eingelassen waren. Zwischen ihnen gab es ein offenes Tor, halb so hoch wie die Mauer, das ins Innere der Anlage führte. Ein paar Dachfirste, die über die Zinnen hinausragten, ließen auf weitere Gebäude jenseits der Ummauerung schließen. Was aus der Ferne nach einem stattlichen Anwesen ausgesehen hatte, erwies sich nun als regelrechte Festung. Kriemhild fragte sich, ob es teil von Berenikes Schutzzaubern war, daß sich der Anschein des Gemäuers mit jedem Schritt unmerklich zu verändern schien.

Rund fünfzig Schritte trennten sie noch von dem Torbogen, als sich vor ihr, an der rechten Seite des Hochweges, etwas rührte. Kriemhild schrak zurück, wollte sich herumwerfen und fliehen, doch es war bereits zu spät.

Eine Gestalt schob sich zwischen den Rändern der Felsschollen ins Sonnenlicht, gefolgt von einer zweiten. Auch auf der anderen Seite des Weges kletterte flink ein Mann empor, wie die beiden übrigen in Rüstzeug aus Leder und Eisenschuppen gehüllt. Alle drei trugen Stiefel aus glattem Fell, das aussah, als stammte es von Pferden. Einer hatte in sein eigenes pechschwarzes Haar einen langen Roßschwanz eingeflochten, den er vom Hinterkopf über die

Schulter bis auf die Brust gelegt hatte. Die Männer trugen fremdartigen Schmuck aus Leder und Tierzähnen und riefen sich Worte zu, die verzerrt und zischelnd klangen.

Am alarmierendsten aber waren ihre Augen; Kriemhild bemerkte sie erst, als zwei der Männer ihre Arme packten. Sie waren geschlitzt und schrägstehend, die Brauen schwarz wie mit Tinte gezogen.

Weitere Gestalten erschienen am Tor und auf den Zinnen. Einige trugen schalenförmige Helme, rundherum mit Fell abgesetzt; obenauf saßen scharfe Eisenspitzen.

Kriemhild konnte schreien und fluchen wie sie wollte, sie trat und drohte mit der Macht des Königs, doch es änderte nichts an ihrer Lage. Als Gefangene wurde sie vor Berenikes Tor geführt, wo ihr ein schlanker Krieger entgegentrat. Er war jünger als die übrigen und trug eine bronzefarbene Rüstung, reichverziert mit sonderbaren Mustern. Um seine Schultern lag ein Mantel von dunklem Violett, schimmernd wie ein Stück Sternenhimmel.

»Verzeiht die grobe Behandlung, Prinzessin Kriemhild«, sagte er mit hartem Akzent und gab seinen Männern einen Wink. Augenblicklich ließen sie ihre Arme los und zogen sich zwei Schritte zurück. »Ich bin der Hauptmann dieser Schar und seit zwei Nächten Herr dieser Festung.«

»Ihr kennt meinen Namen«, entgegnete Kriemhild und bemühte sich verzweifelt, gefaßt zu erscheinen, »aber Ihr nennt mir nicht den Euren. Ist er mit Schande haftet, so daß Ihr Euch dafür schämen müßt?«

Ein bedrohliches Funkeln glomm in seinen schwarzen Augen auf, verschwand jedoch innerhalb eines Atemzuges. »Verzeiht noch einmal«, sagte er förmlich und versuchte sich an einer galanten Verbeugung, eine Geste, die es in seiner Kultur nicht gab. »Mein Vater ist der Herrscher des Ostens, der König aller Hunnen. Ich bin Prinz Etzel, sein erstgeborener Sohn.«

※

Jodokus hatte eigentlich erwartet, während seines Rückweges zum Waldrand auf neue Hindernisse zu stoßen: Stämme, die sich verschoben hatten und den Pfad blockierten, Wurzeln, die nach seinen Beinen griffen und sich wie Schlaufen zusammenzogen, Äste, die in sein Gesicht peitschten. Doch nichts dergleichen zeigte sich.

Sosehr Jodokus sich darüber freute, es nicht gar so beschwerlich zu haben, so sehr bereitete ihm derselbe Umstand auch Sorgen. Denn wenn der Pfad für ihn da war, dann war er es auch für jeden anderen, und das bedeutete, daß Hagen von Tronje ihm früher oder später entgegenkommen würde.

Der Augenblick kam schneller, als er befürchtet hatte, und weder rechts noch links boten sich mögliche Fluchtwege im Dickicht. Die Konfrontation war unvermeidbar.

Wie er selbst führte auch Hagen sein Pferd am Zügel. Jodokus hätte nicht zu sagen vermocht, wer ihm bedrohlicher erschien: das schreckliche Schlachtroß, hoch und breit wie ein Feuerdrache, oder aber der schwarzgerüstete Krieger mit seinem einen Auge, das so dunkel war, daß es ebenso eine leere Höhle hätte sein können. Sehr plötzlich, sehr unbegründet und in keinster Weise der üblen Lage angemessen, spürte Jodokus den brennenden Wunsch, unter die schwarze Binde zu schauen, die Hagens linkes Auge bedeckte. Wenn ihm sein rechtes, das gesunde, schon so bedrohlich erschien, wie mußte dann erst die Wunde aussehen, an welcher der Recke links erblindet war? Ein unschöner Gedanke und eine passende Strafe für soviel Neugier.

Der kleine Junge saß wortlos in Hagens Sattel und musterte Jodokus mit haßerfülltem Blick, der verriet, wie gut er sich an die Nacht und den Pferdediebstahl erinnerte.

»Erschlagt mich nicht, Herr«, bat Jodokus schon von weitem, hatte sich aber zumindest so weit im

Griff, daß er nicht auf die Knie fiel. Doch der Sänger mochte sich aufrecht halten wie er wollte – Hagen überragte ihn um mehr als eine Haupteslänge. Jodokus mußte zu ihm aufblicken, als sie in zwei Schritten Entfernung stehenblieben. Selbst, wenn sie gewollt hätten, hätten sie sich nicht aneinander vorbeizwängen können, die Schneise war viel zu eng.

Hagen griff nicht nach seinem Schwert, wie Jodokus angstvoll erwartet hatte. Doch auch das änderte nichts an der bedrohlichen Aura des Kriegers.

»Ich fürchte, ich habe Euren Zorn erregt«, begann Jodokus und faßte den Plan, Hagen durch ein Geständnis besänftigen. »Natürlich wißt Ihr, daß ich der Prinzessin zur Seite stand, als sie sich Euch widersetzte, und ich muß gestehen, ich bin froh, daß es ihr gelang. Denn, das solltet Ihr nicht vergessen, sie ist die Schwester des Königs und ihr Wille ist –«

»Fahre fort mit deinem Geschwätz, Sänger, und ich nagle deine Zunge an den höchsten Baum dieses Waldes.« Hagens Gesicht blieb todernst, selbst als er hinzufügte: »Ohne sie vorher herauszuschneiden!«

Der kleine Junge zeigte ein breites Grinsen, als sei solch eine Maßnahme ganz nach seinem Geschmack.

Jodokus' Magen wurde zu einem Felsblock, dessen Gewicht ihn zu Boden zu ziehen drohte. »Nun«, meinte er mit schwankender Stimme, »sicher ist Euch danach, mir übel zuzusetzen, und gewiß habt Ihr von Eurer Warte aus allen Grund dazu. Dennoch muß ich –«

»Wo ist sie?«

»Sie ist ... Herr, sie ist bei Berenike.« Jodokus schluckte. »Wenigstens sollte sie jeden Moment bei ihr eintreffen.«

Es war, als fiele von oben der Schatten einer Wolke über Hagens Gesicht. Doch der Himmel war klar und von gleißendem Sonnenlicht erfüllt, und Jodokus erkannte sogleich, daß allein seine Worte die Ursache der Verfinsterung waren.

»Geh aus dem Weg!« verlangte Hagen.

Jodokus sah sich hektisch nach allen Seiten um. »Aber, Herr, wohin soll ich gehen. Ihr seht doch, daß nirgendwo ein Durchkommen ist in diesem furchtbaren Wald.«

»Wenn du im Ganzen nicht durch die Sträucher paßt, werde ich dich wohl oder übel in Stücke schneiden müssen.« Und schon legte der Krieger die Hand auf den Schwertgriff.

»Nein, nein!« rief Jodokus hastig aus. »Gewiß werden wir eine Lösung finden.«

»Wir sollten sie schnell finden, sonst ist die Prinzessin verloren.«

»Verloren, Herr? Ich weiß, daß Berenike einen schlechten Ruf hat, aber gewiß ist sie nicht so –«

»Berenike?« Hagens Auge blitzte zornig. »Es geht nicht um Berenike. Und nun mach endlich Platz!«

Nicht um Berenike? Jodokus legte verwundert den Kopf schräg. »Ich ... ich könnte mit dem Pferd rückwärts gehen, Herr. Ich richte mich gerne nach Eurer Richtung.«

»Dann tu es schnell.«

Jodokus trieb den Schimmel dazu, rückwärts zu laufen, was Lavendel augenscheinlich wenig Freude bereitete. Dennoch gehorchte er, und Jodokus kam sich äußerst armselig vor, als er so vor Hagen, seinem Pferd und dem grinsenden Jungen zurückwich.

»Sagt, Herr«, bat Jodokus, während sie in solch wundersamer Reihe bergauf marschierten, »was habt ihr damit gemeint, daß es nicht um –«

»Schweig!« verlangte Hagen und zeigte damit einmal mehr seine schlechte Angewohnheit, anderen das Wort abzuschneiden.

»Aber, Herr«, sagte Jodokus beharrlich, »wie sollen wir die Prinzessin retten, wenn ich nicht weiß, gegen welchen Feind es geht?«

»Mag sein, daß ich dich am Leben lasse, Sänger«, knurrte Hagen, »doch jene anderen werden weniger großmütig sein.«

»Und wer sind diese anderen?«

Hagen schwieg, doch statt seiner gab der Junge eine Antwort.

Es muß dem Kleinen gut gefallen haben, mitanzusehen, wie Jodokus' Kinnlade bis zur Brust hinabsackte und alle Farbe aus seinen Zügen wich, als wäre er mit den Füßen ins Eis eines Wintersees eingebrochen.

Kapitel 6

Kriemhild war jung, aber sie war auch die Schwester des Königs, und so hatte man sie auf manches vorbereitet, das einem Fräulein ihres Standes zustoßen mochte. Sie konnte recht gut mit dem Dolch und leidlich mit einem Schwert umgehen (wenn auch nicht gut genug, um einen der Hunnen damit zu beeindrucken). Sie war eingewiesen in die Regeln der Politik und Diplomatie, und sie wußte, wie sie sich im Fall einer Begegnung mit Feinden des

Reiches zu verhalten hatte. Niemals nachgeben, hatte man sie gelehrt, immer burgundischen Stolz und königliche Kühnheit zeigen. Man hatte sie sogar mit der furchtbarsten aller Möglichkeiten, einer Schändung durch gegnerische Krieger, vertraut gemacht, indem man ihr Frauen vorstellte, die solche Schrecken durchgemacht hatten und ihr von ihren Erlebnissen berichteten. Kurzum, Kriemhild wußte, was sie in den Klauen der Hunnen zu erwarten hatte.

Worauf sie jedoch niemand vorbereitet hatte, das war Etzels ausgesuchte Höflichkeit.

Der Hunnenprinz schien sich in vorzüglichem Benehmen übertreffen zu wollen, beinahe, als sähe er in Kriemhild einen hochgestellten Gast, keine Gefangene. Doch auch seine tadellose Oberfläche hatte den einen oder anderen Riß, und so litt jede Geste, jedes Wort, gar jeder Blick am Beigeschmack des Einstudierten. Etzel mochte ernst meinen, was er sagte, aber auf Kriemhild wirkte es wie die Darbietung eines talentierten Gauklers, der für eine Weile sein wahres Wesen abstreifte und in die Haut eines anderen schlüpfte. Und ganz gleich, wieviel Mühe der Prinz sich geben mochte, so war ihm doch die Haut eines Edlen von burgundischem Zuschnitt um einiges zu groß. Das wenigstens war es, was Kriemhild empfand, besser: empfinden wollte. Denn nach einer Weile an Etzels Seite konnte sie eine gewissen Achtung vor seinen Bemühungen nicht leugnen, und ihre Furcht, die sie so mühsam zu überspielen suchte, legte sich ein wenig.

Etzel stieg mit ihr eine Treppe zum Wehrgang der Ummauerung hinauf, als sie fragte: »Ihr wißt, wer ich bin, Prinz, und dennoch gebt Ihr Euch alle Mühe, mir gefällig zu sein. Wie könnt Ihr das erklären?«

Die Leibgarde des Prinzen war auf seinen Befehl hin im Hof zurückgeblieben. Er wandte sich auf der Treppe zu Kriemhild um und sagte: »Man muß Euch wenig Vorteilhaftes über mein Volk gelehrt haben, wenn Eure Erwartungen so barbarisch sind. Was, glaubt Ihr, sollte ich einer Gefangenen wie Euch wohl antun?«

»Sicher ist es nicht nötig, Euch dazu eine Anleitung zu geben, Prinz.«

Er lächelte, aber es wirkte nicht allzu vergnügt. »Meine Krieger sind ebensolche Männer wie die Euren daheim in Worms, mit den gleichen Gelüsten, der gleichen Liebe zu ihrer Heimat und oft auch der gleichen Grausamkeit. Was immer man Euch über Heldentaten im Krieg erzählt hat, Prinzessin, vergeßt es am besten wieder, bis Ihr selbst erlebt habt, was Haß und der Tod geliebter Menschen aus einem Mann zu machen vermögen. Plünderung, Schändung, Folter – all das sind Dinge, derer sich Eure Kämpfer genauso schuldig machen wie die meinen. Ich kann Euch versichern, daß der Ruf der burgundischen Krieger bei mir zu Hause nicht freundlicher ist als der unsere bei Euch.«

Kriemhild rümpfte die Nase. Über ihre Lippen kam eine auswendiggelernte Formel, nicht das, was sie wirklich empfand: »Die Ritter des Burgundenreichs sind weithin für ihre Ehre bekannt, Prinz Etzel. Was man von den Euren nicht gerade behaupten kann.«

Zu ihrer Überraschung zeigte er kein Zeichen von Zorn. »Ihr sprecht so, weil Ihr uns nicht kennt. Wir dagegen wissen fast alles über Euch. Verratet mir, zum Beispiel, ob Ihr je zuvor meinen Namen gehört habt.«

»Nein«, gestand sie.

»Seht Ihr«, erwiderte er zufrieden. »Ich bin Euch unbekannt, während Ihr für mich wie eine Verwandte seid. Schon bevor ich Euch traf, kannte ich Euer Aussehen, Eure Wildheit, Eure zänkische Art.«

Kriemhild riß erbost die Augen auf, zog es aber vor zu schweigen.

Etzel lächelte, während er ihr den Vortritt zum Wehrgang ließ. »Ich hörte einiges über die Art und Weise, mit der Ihr Euch bei Hofe gebt, Prinzessin. Ihr seid nicht leicht zu bändigen. Das spricht für Euch.«

»Vielen Dank«, brummte sie finster.

Er lachte. »Ich verstehe Euch besser, als Ihr meinen mögt. Nur eines begreife ich nicht – werdet Ihr mir daher eine Frage gestatten?«

»Ihr mögt Eure Männer am Fuß der Mauer zurückgelassen haben, aber ich bin sicher, sie wären schnell mit den Klingen bei der Hand, würde ich mich Euren Wünschen widersetzen.«

Er schüttelte ein wenig resigniert den Kopf. »Warum habt Ihr Euch in der Zeit, in der Ihr hier seid, nicht ein einziges Mal nach der Herrin dieser Festung erkundigt? Zu ihr wolltet Ihr doch, nicht wahr?«

»Ich nahm an, Ihr habt sie getötet – so, wie es Art der Hunnen ist.« Einen Moment lang fürchtete sie, den Bogen überspannt zu haben, doch auch diesmal blieb Etzel ruhig. Falls ihre Worte ihn getroffen hatten, so hielt er seine Wut im Zaum.

Statt dessen nickte er langsam. »Es ist Art der Sieger, die Erinnerung an die Verlierer auszulöschen. Und ich gestehe, ich mußte meine Männer davon abhalten, dieser Hexe die Haut abzuziehen.«

Kriemhild schöpfte neue Hoffnung. »Dann lebt sie?«

Mit einem weiteren Kopfnicken sagte er: »Sie lebt, wenn auch um eines hohen Preises willen.«

»Ich bin sicher, mein Bruder wird ihn zahlen.« Tatsächlich war sie sich dessen alles andere als sicher, doch der Gedanke, daß ihre Reise möglicherweise doch nicht umsonst gewesen und Berenike am Leben war, erfüllte sie mit Freude. Vielleicht würden sie die Pest doch noch besiegen können, bevor die Seuche Worms und die westlichen Länder erreicht hatte!

»Der Preis, von dem ich sprach«, sagte er betrübt, »ist keiner, den Euer Bruder zahlen könnte.« Er blieb stehen, stützte sich mit beiden Händen auf die Zinnen und blickte über das nebelverhangene Tal hinweg. »Ich allein habe diesen Preis zu zahlen.«

»Ihr, Prinz Etzel?«

Er fuhr sich mit einer Hand durch seinen pechschwarzen Haarschopf. »Eine Schuld, die mich in meine Träume verfolgen wird, dessen seid gewiß.«

Sie lehnte sich neben ihm an einen der brusthohen Steinquader und versuchte, von der Seite seinen Blick einzufangen. Doch Etzel schaute nur gedankenverloren über den milchigen Dunst nach Osten.

»Von welcher Art Preis sprecht Ihr?« Plötzlich überkam sie ein schmerzhaftes Gefühl der Vorahnung, ohne daß sie ihre Befürchtung in Worte hätte fassen können.

»Ich will es Euch zeigen, Prinzessin«, sagte er, löste sich vom Zinnenkranz und ging weiter den Wehrgang entlang. »Deshalb habe ich Euch hier heraufgeführt.«

Im Inneren der Ummauerung gab es eine Reihe von Häusern, deren Dachgiebel den Blick auf die andere Seite der Zinnen verwehrten. Kriemhild und Etzel mußten fast die gesamte Anlage umrunden, ehe sie ans Ziel gelangten. Kurz vorher verstellte der Prinz Kriemhild noch einmal den Weg. »Was Ihr sehen werdet«, sagte er traurig, »geschieht nicht auf meinen Wunsch hin. Aber manchmal muß auch ein Rudelführer dem Willen seiner Wölfe folgen. Und meine Wölfe wollen das Blut dieser Hexen.«

Kriemhild starrte einen Moment lang in seine schmalen, dunklen Augen und wunderte sich über die sonderbare Melancholie darin. Dann schob sie ihn grob beiseite und setzte eilig ihren Weg über den Wehrgang fort.

Und endlich sah sie, was er meinte.

Im nördlichen Teil der Festung, gleich unterhalb der Mauer, gab es einen kleinen Platz aus Pflastersteinen. Eine stattliche Anzahl von Hunnenkriegern hatte sich dort versammelt und folgte mit starren Blicken einem grausamen Schauspiel. In der Mitte des Platzes war aus Weidenzweigen und Brettern eine riesige Gestalt errichtet worden, fast so hoch wie der Wehrgang. Ein breiter Leib und gehörnter Schädel, beides aus hölzernem Gitterwerk, erhob sich wie ein archaischer Hohepriester inmitten der Hunnenschar.

Der Bauch der Holzgestalt war hohl. Einen Einstieg an der Vorderseite hatten die Hunnen mit straff gespannten Seilen versperrt. Ein gutes Dutzend Hände kratzte und zerrte von innen an den Knoten, vergeblich. Verzweifelte Schreie drangen aus dem Gitterleib, haltloses Weinen und Flehen. Eine Gruppe junger Frauen und Mädchen, einige noch im Kindesalter, war im Inneren des dämonischen Weidenmannes gefangen. Alle trugen lange weiße Gewänder. Mehrere Fackelträger rund um das grotesk-entsetzliche Gefängnis ließen keinen Zweifel an dem, was den Frauen bevorstand.

Etzel trat neben Kriemhild, die immer noch starr am Rand des Wehrgangs stand und in den Abgrund des Hofes blickte. Das Schreien und Weinen der Frauen verschmolz zu einem fremdartigen Klangteppich, der Kriemhild umwob wie ein Gespinst aus giftigen Dornenranken.

»Sagt jetzt nichts«, flüsterte Etzel, »sondern hört mir nur zu.«

Kriemhild fuhr mit einem Ruck herum. »Nichts sagen?« Sie deutete mit bebender Hand auf den Weidenmann. »Und Ihr wagt es, Eure Krieger mit denen des Burgundenreichs zu vergleichen? Ihr wagt es, mir eine Rede darüber zu halten, daß im Krieg alle gleich sind?« Sie spie ihm voller Verachtung ins Gesicht. »Großer Gott, ich hätte Euch beinahe geglaubt!«

»Und weise wäret Ihr gewesen, hättet Ihr es

getan«, sagte er und wischte sich achtlos ihren Speichel von der Wange. »Was dort geschieht, geschieht nicht auf meinen Wunsch hin.«

Sie lachte ihm voller Hohn entgegen. »Wollt Ihr damit sagen, Eure Männer hätten gegen Euch gemeutert?«

»Nein, natürlich nicht. Sie gehorchen mir aufs Wort.«

»Dann macht dem ein Ende!«

»Das kann ich nicht.«

»Ihr seid erbärmlich in Euren Widersprüchen.«

Er zuckte mit den Schultern. »Denkt über mich, wie Ihr wollt. Und dennoch bitte ich Euch, mir zuzuhören.« Während er sprach, trat einer der Hunnen vor und vollführte mit geschlossenen Augen heidnische Gesten vor dem Käfig. Er trug lange Gewänder, sein Gesicht war mit bizarren Zeichen bemalt. Ein Priester, der seinen Göttern ein Opfer weihte.

»Der Sturm auf diese Festung hat viele meiner Männer das Leben gekostet«, sagte Etzel und blickte Kriemhild dabei fest in die Augen. »Wir wußten nicht, was uns hier erwartet. Mein Vater sandte uns als Spähtrupp in diesen Teil Eures Reiches, und wir glaubten, diese Burg sei aufgrund ihrer abgelegenen Lage ein guter Ausgangspunkt für verborgene Vorstöße in Eure Ländereien. Wir kamen nicht, um Krieg zu führen, sondern nur um zu beobachten, zu horchen und das Erfahrene heim zum Hof meines Vaters zu tragen.« Er seufzte leise. »Ich gestehe, wir wußten nicht, auf was wir uns einließen, als wir vor zwei Tagen diese Burg angriffen.«

Kriemhild blickte abwechselnd zwischen ihm und dem Weidenmann hin und her. Das Schreien und Bitten der Frauen ertönte immer höher und schriller.

Etzels bronzene Rüstung klirrte bei jeder Bewegung. »Ich hatte früher schon von der Erzhexe Berenike gehört, aber niemals hätte ich sie hier vermutet, in diesen Mauern. Als wir die Felsen erklommen, stürzte uns eine Felslawine entgegen, und ich schwöre, sie kam aus dem Nichts. *Aus dem Nichts*, Kriemhild, versteht Ihr? Fast ein Drittel meiner Männer wurde in die Tiefe gerissen, noch bevor sie überhaupt begriffen, was geschah. Wir sind Hunnen, und wir sterben mit einem Schwert in der Hand! Wir werden nicht von ein paar Steinen erschlagen!« Zum erstenmal lag Wut in seiner Stimme, Wut von solcher Kraft, daß Kriemhild einen Moment lang sogar das Schicksal der Frauen vergaß. »Der Rest von uns erreichte die Mauern der Festung, und ich befahl, ein paar Brandpfeile über die Zinnen zu schießen, um Verwirrung zu stiften. Aber noch ehe der erste Pfeil auf der Sehne lag, standen plötzlich fünf oder sechs meiner Männer in Flammen. Sie hatten sich selbst in Brand gesetzt!«

»Eine wirklich schlagkräftige Truppe, die Ihr da anführt«, bemerkte Kriemhild bissig, aber als sie die animalische Glut in Etzels Augen sah, bereute sie ihre Worte. Plötzlich sah er aus, als sei es sein größter Wunsch, sie in Stücke zu reißen.

»Meine Männer trifft keine Schuld!« brüllte er sie an, so laut, daß einige der Krieger im Hof irritiert emporblickten. »Es war Berenikes Magie, die uns solchen Schaden zugefügt hat, dessen seid gewiß, Prinzessin. Als es uns schließlich gelang, die Zinnen zu überwinden, war die Hälfte meiner Leute tot. Und alles, was wir hier drinnen fanden, war ein Haufen kreischender Weiber. Keine Ritter, überhaupt keine Männer! Nur diese Mädchen dort unten – und Berenike.«

»Wo ist sie jetzt?«

»Im Nordturm, in ihrer Kammer.«

Kriemhild deutete mit einer Handbewegung hinab in den Hof. »Was kann ich tun, um dieses Massaker zu verhindern?«

»Nichts, fürchte ich. Was Ihr dort seht, ist der Preis für Berenikes Leben und zugleich noch viel mehr. Meine Männer wollen Blut sehen, um die Ehre unserer Toten zu bewahren, und ich kann es Ihnen nicht verübeln.«

»Das klingt, als wäret Ihr dagegen.«

»Ich sagte Euch schon, was dort geschieht, ist nicht mein Begehr.« Er zuckte mit den Schultern.

»Aber ein Befehlshaber, gleichgültig ob Hauptmann oder Herrscher, muß Zugeständnisse an seine Leute machen.« Er deutete auf den Mann mit dem bemalten Gesicht. »Und an seine Priesterschaft.« Als Kriemhild vor Abscheu das Gesicht verzog, fügte er hinzu: »Als Schwester des Königs solltet Ihr das wissen.«

»Wir bauen unseren Priestern Kirchen, wenn wir Ihnen gefallen wollen. Wir bringen keine Menschenopfer.«

Etzel hob die Augenbrauen. »Ihr glaubt, wir hätten dieses Ding dort errichtet? Den Weidenmann?« Er schüttelte vehement den Kopf. »Das waren nicht wir.«

»Aber –«

»Nein, Prinzessin. Mögt Ihr über uns denken, was Ihr wollt, aber dieses Menschenopfer war nicht unser Einfall.«

Sie schnappte nach Luft. »Berenike?«

»Natürlich. Sie hat uns gewarnt. Ein Opfer sei vonnöten, bei dem, was uns allen bevorstünde, hat sie gesagt. Dieser Scheiterhaufen dort im Hof, Prinzessin, war eigentlich für Euch bestimmt.«

Die angstvollen Schreie der Frauen erfüllten Kriemhild mit fremdem Entsetzen, das schlagartig zu ihrem eigenen wurde.

Etzel sah, was in ihr vorging, fuhr aber dessen ungeachtet fort: »Etwas wird hier geschehen, jeder kann das spüren, auch Ihr, wenn Ihr Euch nur ein wenig Mühe gebt. Es liegt in der Luft wie ein schlechter Geruch, eine Ahnung von etwas, das kommen wird.«

»Das ist doch wirres Zeug.« Aber in Wahrheit glaubte auch Kriemhild es zu spüren, eine seltsame Strömung, als zöge rund um die Festung ein unsichtbares Gewitter herauf.

»Vielleicht täuschen wir uns alle«, gab Etzel zu. »Dennoch bin ich gerne gegen alle Möglichkeiten gerüstet. Mag sein, daß Ihr mir noch dafür danken werdet. Wie es aussieht, habe ich Euren Dank ohnehin schon verdient.«

Ihr Blick war voller Verachtung. »Dafür, daß all diese Frauen an meiner Stelle sterben müssen? Nur, damit Ihr für mich ein Lösegeld von meinem Bruder fordern könnt – darum geht es Euch doch, nicht wahr?«

»Was würdet Ihr tun, wenn Ihr in meiner Lage wärt? Ich bin sicher, zumindest Euer Bruder würde genauso handeln.«

»Ihr macht es Euch sehr einfach, wenn das die Art ist, auf die Ihr Eure Entscheidungen trefft.« Jetzt wollte sie ihn verletzen, und es war ihr gleich, was er danach mit ihr anstellen würde. »Denkt Ihr Hunnen immer so: Wie würde der König der Burgunden in meiner Lage handeln?« Sie lachte verbittert auf. »Mein Bruder wird sich freuen, das zu hören.«

»Ihr werdet albern.«

»Wenn das nötig ist, um Euch aus Eurer Gleichgültigkeit zu rütteln, gerne, dann bin ich albern.«

Unten im Hof versank der Hunnenpriester mit erhobenen Armen in einer grotesken Starre. Seine geflüsterten Beschwörungen gingen im Flehen der Frauen unter.

»Gebt den Befehl, damit Schluß zu machen«, verlangte Kriemhild eindringlich. »Ihr könnt nicht all diese Frauen töten, nur um einer vagen Gefahr aus dem Weg zu gehen. Was erwartet Ihr denn? Daß Eure Götter von den Bergen herabsteigen?«

Er sah sie verwundert an. »Das ist sonderbar.«

»Was?«

»Ihr habt gerade die gleichen Worte benutzt wie Berenike: ›Die Götter werden über die Berge steigen.‹ Genau das war es, was sie sagte.«

In ihrer Erinnerung hörte Kriemhild wieder Jodokus' Stimme: *Die Götter sammeln ihre Kräfte. Sie bereiten das Ende vor. Das große Finale.*

Plötzlich wurde ihr schlecht. Fröstelnd blickte sie zur Spitze des Nordturms empor.

»Laßt mich mit Berenike sprechen«, flüsterte sie atemlos.

❖

Das Hinterteil eines Pferdes führte sie an, und niemand war sich der Lächerlichkeit dieses Umstands bewußter als Jodokus. Noch immer hatte es auf dem schmalen Pfad keine Gelegenheit gegeben, Lavendel wenden zu lassen, und noch immer mußte das arme Tier rückwärts gehen. Jodokus tat sein Bestes, den Schimmel mit freundlichen Worten zu besänftigen, auch um seiner selbst willen. Jeden Augenblick mochte Lavendel störrisch stehenbleiben und den Weg versperren, und Jodokus mußte sich nicht erst zu Hagen umdrehen, um zu wissen, wer das würde ausbaden müssen.

Doch so beschwerlich und angstvoll diese Angelegenheit auch war, Jodokus haderte nicht länger mit seinem Schicksal.

Jeder andere hätte die Begegnung mit der Prinzessin verflucht; nicht so Jodokus. Vielmehr machte ihm die Trennung von ihr weit arger zu schaffen als alles andere. Arger als Hagens dräuende Präsenz in seinem Rücken. Arger auch als Berenikes Hort, der jenseits der Bergkuppe aus den Nebeln emportauchte.

Schließlich gelangten sie an die Stelle, an der Jodokus und Kriemhild Abschied genommen hatten, und hier endlich bot sich genügend Platz, um Lavendel aus seiner mißlichen Lage zu befreien. Mit einem Wiehern drehte das Tier sich um, ungeachtet der Äste, die über sein Fell kratzten. Jodokus fürchtete, das Pferd würde wohl nach hinten austreten und ihm den Huf vor den Schädel hämmern. Doch der Schimmel blieb ruhig, als sähe er die Notwenigkeit ein, Kriemhild schnellstens zur Hilfe zu eilen.

Hagen zwängte sich an dem Schimmel vorbei an die Spitze, Jodokus folgte ihm. Am tiefblauen Himmel flatterten zwei Raben und stießen heisere Schreie aus. Hagen blickte zu ihnen empor, und sogleich verstummte ihr Krächzen. Die beiden Vögel senkten sich herab und verschwanden zwischen den Baumkronen.

»Ihr habt Macht über Tiere, Herr?« fragte Jodokus beeindruckt.

»Nicht genug, um einen Esel zum Schweigen zu bringen.«

»Ihr macht Euch über mich lustig.«

»Merkwürdig«, knurrte Hagen, ohne den Blick von Berenikes Hort zu nehmen, »lustig hat mich noch keiner genannt.«

Der Krieger setzte sich wieder in Bewegung und ging mit weiten Schritten den Hang hinab. Jodokus ergriff Lavendels Zügel und folgte. Hinter ihnen kletterte der Junge von Hagens Roß und führte das Tier mit einer Selbstverständlichkeit, als sei es sein eigenes.

»He, Junge«, rief Jodokus nach hinten, »wie heißt du überhaupt?«

»Jorin«, gab der Junge mißmutig zurück. »Jorin

Pferdehüter.« Hagen mußte ihn mit seiner schlechten Laune angesteckt haben.

Sie näherten sich dem Punkt, an dem der Waldweg auf den Felsendamm wechselte, der über das Nebelmeer hinweg zur Festung führte.

Bevor sie den Schatten des Waldes verlassen konnten, blieb Hagen stehen. »Welches Instrument spielst du, Sänger?« fragte er.

»Vielerlei«, erwiderte Jodokus wahrheitsgetreu. »Flöte, Laute, Schalmei, Cornamuse, Schreichpsalter, manchmal auch die Harfe. Warum fragt Ihr?«

»Hast du eines davon dabei?«

»Keines, wie Ihr wohl sehen könnt.«

Hagen brummte etwas, das Jodokus nicht verstand, dann fragte er: »Aber singen kannst du doch wenigstens?«

»Gewiß, Herr.« Ihm schwante nichts Gutes bei diesem sonderbaren Fragespiel.

»Dann wirst du dich jetzt nützlich machen«, sagte Hagen. »Dir liegt doch auch daran, die Prinzessin zu retten, nicht wahr?«

»Natürlich.«

»Um deines Kopfes willen eine weise Entscheidung.«

Zum ersten Mal war Jodokus über eine Bemerkung Hagens ernsthaft empört. »Was denkt Ihr von mir?« fuhr er den Krieger an, ungeachtet aller Folgen, die soviel Kühnheit haben mochte. »Ich würde mein Leben für das der Prinzessin geben, dessen seid gewiß.«

Hagen starrte ihn lange mit seinem dunklen Auge an. Jodokus gab sich alle Mühe, dem durchdringenden Blick standzuhalten. Plötzlich legte der Krieger ihm die Hand auf die Schulter. »Du bist ein guter Kerl, das will ich glauben. Doch nicht dein braves Sinnen wirst du heute unter Beweis stellen müssen, sondern deinen Mut und deine Kampfkraft.«

»Das will ich«, gab Jodokus mit vorgestrecktem Kinn zurück – obwohl ihn beim Wort Kampfkraft ein kalter Schauder packte, denn aufs Kämpfen verstand er sich alles andere als prächtig.

»Zuerst aber«, sagte Hagen, »wirst du singen.«

»Ich hoffe, Ihr gedenkt nicht, die Hunnen mit meinem Gesang zu vertreiben.«

Noch immer blieben Hagens Mundwinkel starr wie die einer Wachsmaske. »Zwar sandte Berenike der Königinmutter Ute eine Taube mit der Botschaft vom Hunnensturm auf ihre Burg – doch schrieb sie darin auch, daß nicht einmal Felslawinen und Feuer die Angreifer aufhalten konnten. Ich fürchte, junger Mann, mag dein Gesang auch noch so garstig sein, die Hunnenkrieger werden wir damit nicht in die Flucht schlagen.«

Jodokus atmete auf, doch Hagen sagte: »Dennoch wirst du für sie singen. Nimm den Schimmel und reite zur Burg. Sing irgendein Lied, etwas, das die Hunnen gnädig stimmen mag.«

»Kein Lied vermag diese Barbaren gnädig zu stimmen«, widersprach Jodokus mit bebender Stimme.

Hagen nickte. »Das weiß ich. Aber es wird sie hoffentlich lange genug ablenken, bis ich einen Weg in die Festung gefunden habe.«

»Sie werden mir das Maul mit einem Morgenstern stopfen!«

»Dein Leben für das der Prinzessin – waren das nicht deine Worte?«

Jodokus straffte sich. »Ja, Herr.«

»Wohlan denn, Sänger, so laß uns –«

Plötzlich drängte sich Jorin zwischen sie. Jodokus und Hagen mußten beide einen Schritt zurücktreten. »Was ist mit mir?« fragte der Kleine keß.

Jodokus erwartete, daß Hagen dem Jungen mit der Faust Respekt beibringen würde. Statt dessen aber sagte der Krieger: »Du kommst mit mir, Jorin Sorgebrecht.«

Mit stockendem Atem fragte Jodokus: »Ihr wollt ein Kind mit in den Kampf nehmen?«

Hagen schenkte dem Einwurf keine Beachtung. Er ging vor Jorin in die Hocke, nahm eine Hand des Jungen in seine behandschuhte Rechte – sie lag sehr weiß, sehr klein auf dem gegerbten schwarzen Leder – und sagte: »Dein Anteil an diesem Abenteuer wird kein geringer sein, mein Kind. Ich möchte, daß du immer daran denkst, ganz gleich, was geschieht.«

»Ja, Herr«, gab der Kleine zurück, teils verschüchtert, teils stolz.

So wurde denn der Aufbruch beschlossen. Hagen und Jorin blieben zurück, während Jodokus auf dem Rücken des Schimmels zum Hochweg hinaufritt. Sobald er sich auf dem schmalen Grat befand, konnte er den Blick nicht mehr von der Festung nehmen. Der Umriß der Klippe mit ihren beiden spitzen Türmen kauerte vor dem Nebelmeer wie ein zweiköpfiger Zauberer, verzerrt ins Riesenhafte. Die Oberfläche des Nebels strudelte wie ein See voller Untiefen, und manchmal sah Jodokus aus den Augenwinkeln, daß die Nebelränder an den geborstenen Felsschollen des Hochwegs emporleckten, eine lautlose, geisterhafte Brandung.

Auf den Zinnen der Festung entdeckte er winzige Punkte, Wachtposten, die ihn längst entdeckt haben mußten. Mit einem Räuspern zog er sein Wams zurecht, streckte sich im Sattel und tätschelte Lavendels Mähne. Dann holte er tief Luft und begann zu singen, ein altes Lied über die Pferdezucht, von dem er hoffte, es entspräche dem Geschmack der Hunnen – vorausgesetzt, sie verstanden seine Sprache. Doch je näher er den beiden Türmen kam, desto schneller schwand sein letzter

Rest von Hoffnung. Bei jedem Schritt, den Lavendel tat, erwartete Jodokus, einen Pfeil in seine Richtung zischen zu sehen, und er betete, daß ihn der erste Treffer töten würde. Doch noch hielten die Hunnen sich mit Beschuß zurück, vielleicht weil sie der wunderliche Sänger verwirrte.

Jodokus hatte etwas mehr als die Hälfte des Hochwegs bewältigt, als eine unerwartete Empfindung ihn traf wie ein Schwerthieb aus dem Hinterhalt. Es war das gleiche Gefühl, das er früher so oft verspürt hatte, das letzte Mal an Kriemhilds Seite, im Wald, kurz bevor der Zorn der Götter über sie gekommen war.

Sein Gesang brach ab, als seine Kehle sich weigerte, weitere Töne hervorzubringen. Einen Augenblick lang schwankte er im Sattel, und nur mit Glück gelang es ihm, die Zügel zu packen und sich auf Lavendels Rücken zu halten. Sein Mund klappte stumm auf und zu, und seine Augen wandten sich benommen himmelwärts.

Dort oben aber war nichts. Nur die Sonne und ein paar einzelne Raben in einem Abgrund von azurnem Blau. Nichts, nur Leere und Kälte und peitschende Winde.

Doch Jodokus wußte es besser, und er verfluchte dieses Wissen mit der gleichen Wut, mit der man einst ihn selbst verflucht hatte.

❧

Etzel drehte den Schlüssel in der Tür des Turmzimmers und gab Kriemhild mit einem Nicken zu verstehen, daß sie eintreten dürfe. Er selbst blieb auf der schmalen Wendeltreppe zurück, deren engem Verlauf sie hinauf in die Spitze des Nordturms gefolgt waren.

Kriemhild mußte sich beim letzten Schritt zur Tür an ihm vorbeizwängen und streifte dabei seinen violetten Umhang und die Rüstung mit ihren ziselierten Mustern. Beides gehörte zur Kleidung eines Edelmannes und war doch, zumindest was Zeichnung und Stickereien betraf, eindeutig hunnischer Herkunft.

Gegen Kriemhilds Willen ließ die eigenartige Faszination, die von Etzel ausging, sie nicht kalt. Allein beim Blick in seine schmalen Augen erkannte sie in ihm den kommenden Herrscher des Hunnenreiches. Sie sah darin die ungezähmte Wildheit der Steppenvölker, das Barbarische seiner Abstammung, die Beiläufigkeit, mit er bereit war, fremdes Leben zu nehmen. Sie fürchtete und achtete ihn zu gleichen Teilen, sie haßte, aber sie mochte ihn auch. Seine Gegensätzlichkeit begann bereits, auf ihr eigenes Denken abzufärben.

Mit einem unmerklichen Kopfschütteln unterbrach sie die Berührung ihrer Blicke und trat in Berenikes Turmzimmer. Etzel zog von außen die Tür zu, doch seine Schritte entfernten sich nicht. Er hatte nie einen Hehl daraus gemacht, daß er mitanhören wollte, was die beiden Frauen zu bereden hatten.

»Ah«, sagte Berenike leise, »endlich bist du da.«

Sie saß in einem hohen Stuhl, fast ein Thron, mit einer Rückenlehne, die bis hinauf zur Decke reichte. Die Armlehnen hatten die Form zweier Stiere; auf ihre spitzen Hörner hatte Berenike achtlos allerlei Dokumente gespießt, die meisten vergilbt und längst vergessen.

Der Raum war kreisrund, abgesehen von einem geraden Wandstück zu beiden Seiten der Tür. Unweit des Eingangs konnte man über eine Leiter eine enge Luke erreichen, die auf das Spitzdach des Turmes führte. Kreuz und quer standen Tische, Ablagen und Truhen, auf denen sich eine Vielzahl geöffneter Schriftrollen wellte. Aufgeschlagene und geschlossene Bücher lagen verstreut in jedem Winkel. An den Wänden hingen Pergamente, eng bekritzelt mit fremdartigen Zeichen und Formen, die alles Mögliche bedeuten mochten, von Runen bis hin zu Grundrissen phantastischer Bauwerke. Auf einem Tisch waren Töpfe und Tiegel zu brusthohen Türmen gestapelt, einige lagen zerbrochen am Boden. Hinter Berenikes Stuhl ruhte auf einem Gerüst eine Scheibe mit plastischen Darstellungen von Bergen und Tälern, offenbar eine Karte der Welt. Unter der Decke, rund um die Wände, hingen Tiergerippe, zusammengehalten von Fäden, Lehm und Harz. Ein schwerer, süßlicher Geruch hing in der Luft, nicht unangenehm, beinahe wie von frischem Backwerk. Die Feuerstelle im Zentrum der Kammer glühte noch, doch das Rost, das an rußigen Ketten darüber hing, war leer.

Kriemhild deutete eine Verbeugung an, nicht sicher, wie sie sich verhalten sollte, ob fordernd oder ehrerbietig. Die Hexe hatte ohne Zweifel an Macht verloren, mochte sie in ihrem Thron auch erhaben wirken wie eh und je.

Berenike war alt, viel älter als Kriemhild sie in Erinnerung hatte. Sie hatte langes graues Haar, das ihr offen und glatt über die knochigen Schultern fiel. Ihre weiten, silberbestickten Gewänder verbargen die Form ihres Leibes, doch das magere Gesicht verriet deutlich, daß Berenike aus wenig mehr als Haut und Knochen bestand. Das Weiß ihrer Augen hatte einen leichten Gelbstich, während ihre Pupillen groß und formlos wirkten, als breite sich ihr Schwarz nach allen Seiten hin über die Augäpfel aus.

»Ich bin froh, daß du gekommen bist«, sagte Berenike mit einer Stimme, die im Widerspruch zu ihrem Äußeren melodiös, beinahe jugendlich klang.

»Als hättest du nur ein einziges Mal daran gezweifelt«, gab Kriemhild zurück.

Die Erzhexe lächelte milde. »Ich fühle Widerstand in deinem Inneren. Ich fühle Argwohn.«

»Was hast du erwartet? Freude, dich zu sehen?«

»Ich kann mich erinnern, daß du auf dem Weg hierher noch ganz anders gedacht hast.«

»Ich wußte noch nicht, welche Pläne du mit mir hattest.«

»So, so«, sagte Berenike, und ihr Lächeln wurde freundlicher, »der kleine Prinz hat dir ein paar Dinge erzählt. Er hat ein loses Mundwerk, in der Tat.«

Kriemhild blickte unwillkürlich zur Tür. Falls Etzel Berenikes Worte verstanden hatte, so bewegten sie ihn nicht dazu, sich zu erkennen zu geben.

»Und nun«, meinte die Hexe, »bist du gekommen, um die ganze Geschichte zu hören, nicht wahr? Dabei kennst du sie schon.« Sie lehnte sich müde in ihrem Stuhl zurück. »Du dummes, dummes Kind.«

»Ich kam her, um der Pest ein Ende zu machen, nicht um mich beleidigen zu lassen.«

»Wie stolz sie geworden ist, die hübsche Prinzessin.« Berenike kicherte. »Ich habe dich ganz anders in Erinnerung, mein Kind. Viel zahmer.«

»Unsere erste Begegnung liegt Jahre zurück.«

»Oh, gewiß. Du warst jünger und voller Demut.«
Berenikes Augen wurden trüb, als sie direkt in die Vergangenheit zu blicken schien. »Du warst bereit, alles für dein Volk zu opfern.«

»Das bin ich noch heute.« Tatsächlich aber war sie dessen längst nicht mehr so sicher wie noch vor wenigen Tagen. Sie hatte die Bewohner eines ganzen Dorfes in den Tod geschickt, und dennoch hatte sie seitdem kaum einen Gedanken an sie verschwendet. Verhielt sich so eine Prinzessin, der nur das Wohl ihrer Untertanen am Herzen lag? Und wäre sie wirklich bereit gewesen, sich bei lebendigem Leibe verbrennen zu lassen?

Nein, entschied sie. Nein auf beide Fragen.

»Du weißt, daß Etzel mich nicht opfern wird«, sagte Kriemhild. »Er will sich das Lösegeld nicht entgehen lassen.«

»Sagt er das?« Berenike schüttelte lächelnd den Kopf. »Dieser Prinz ist ein kleiner Junge, und er hat weniger mit den übrigen Männern seines Volkes gemein, als er selbst ahnen mag. Er besitzt eine höhere Bildung und kennt die Bedeutung des Wortes Mitleid. Nicht, daß er oft Gebrauch davon macht, aber –«

Kriemhild unterbrach sie in aller Schärfe: »Mitleid, Berenike? Ausgerechnet du sprichst von Mitleid? Du hast das sichere Todesurteil über deine Schülerinnen gesprochen!«

Die Hexe blieb gelassen. Ihre langen, dünnen Finger spielten beiläufig mit den Pergamentfetzen, die auf den Stierhörnern ihrer Armlehnen steckten. »Ich war nur aufrichtig, nichts sonst. Ich verriet Etzel, was es mit dem Weidenmann auf sich hat, und ich sagte ihm, daß du herkommen würdest. Mir war klar, daß er deinen Opfertod nicht zulassen würde, und er fragte mich, welche Möglichkeiten es sonst gäbe, das kommende Unheil...« Sie brach kurz ab und überlegte – »vielleicht nicht abzuwenden, aber doch abzuschwächen.«

»Du hast damals gesagt, Gott verlange meine Unschuld, nicht mein Leben.«

»Hätte das Schicksal seinen Lauf genommen, *hättest* du deine Unschuld verloren. Schon auf dem Weg hierher. Vor Scham hättest du dich nicht heim zu deinen Brüdern gewagt und wärest bei mir geblieben. Als meine Schülerin.«

Kriemhild lachte bitter. »Wer schmiedet solche Pläne? Du, Berenike? Oder die Götter?«

»Oh, ich nicht, ganz gewiß nicht. Ich habe nur gesehen, daß es so kommen sollte. Und die Götter scheinen derzeit andere Sorgen zu haben. Irgend etwas ist nicht so geschehen, wie es vorgesehen war.«

»Ich sollte mich in Jodokus verlieben, um –«

»Deine Unschuld zu verlieren, allerdings. Der Sänger hätte darüber von seinem Wahn gelassen, die Götter wären besänftigt worden, und alles wäre gut geworden.« Sie seufzte. »Aber es hat wohl nicht sein sollen. Deshalb war ein weit größeres Opfer nötig, um dem Unheil entgegenzuwirken.«

Kriemhilds Mund war trocken geworden, sie hatte Mühe, überhaupt ein Wort über die Lippen zu bringen. »Dieses Unheil, vor dem ihr alle eine solche Angst habt, ist es das, was ich denke?«

»Ja.«

»Und du glaubst allen Ernstes, der Tod deiner Schülerinnen könnte es abwenden?«

Berenike hob die Schultern. »Ihr Tod, dein Tod, wer weiß? Besser, es zu versuchen, als stillzuhalten, bis alles zu Ende ist.«

Der Gleichmut der Hexe brachte Kriemhild fast zur Raserei. »Es zu versuchen? Großer Gott, diese Frauen werden sterben!«

»Wie der Rest von uns, wenn nicht ein Wunder geschieht.«

Die Erkenntnis überkam Kriemhild mit niederschmetternder Gewißheit. »Dann hat Jodokus die Wahrheit gesagt?«

»Das kommt wohl auf den Standpunkt an. Er glaubt, daß es die Wahrheit ist, und wahrscheinlich reicht das schon aus.«

»Das ist doch Wahnsinn!« fuhr Kriemhild auf. »Der Glaube eines einzelnen kann nicht –«

»Was sonst als der Glaube ist es, das die alten Götter am Leben hält, Kriemhild? Der Glaube war immer ihre mächtigste Waffe, und er ist es auch heute noch. Was Jodokus auf seinem Rücken trägt, mag Wodans Dichtermet sein oder auch nicht – er jedenfalls glaubt daran. Grund genug für die Götter, die doch selbst nichts anderes sind als gestaltgewordener Glaube, sich seiner anzunehmen.«

Kriemhild spürte, daß ihre Hände zitterten. »Er sagt, daß sie mit ihm spielen.«

»Wenn er es sagt, dann ist es so.« Berenike streckte eine Hand nach Kriemhild aus und ergriff sachte ihren Unterarm. »Es ist leichter zu verstehen, als du denkst, süße Prinzessin.«

»Aber dieses ... Spiel ...« Sie hatte immer noch Mühe, etwas so Absurdes auszusprechen. »... dieses Spiel, das sie spielen, wie läuft es ab?«

»Wie immer auch die Regeln lauten mögen, die Partie steht kurz vor der Entscheidung. Das Spielbrett ist von einer Seite zur anderen durchquert, und diese Burg ist das Ziel.«

Eine grauenvolle Ahnung stieg in Kriemhild auf. Doch sie wollte, sie durfte nicht daran glauben, denn das würde alles nur noch schlimmer machen. Es reichte, daß die Hexe, ihre Schülerinnen und die Hunnen diesen Irrsinn wahrhaben wollten – und ihn damit wahrmachten.

»Das Spielbrett?« fragte sie ahnungsvoll.

Berenike schien erfreut, daß Kriemhild allmählich Zusammenhänge herstellte, denn sie lächelte gütig wie eine liebevolle Großmutter. »Das Pestland, Kriemhild. Was sonst ist es, als das Spielbrett der Götter? Jodokus hat es auf seiner Flucht kreuz und quer bereist, und überall, wohin er ging, brachte er den Keim der Seuche. Er selbst hat die Arena abgesteckt, in der man ihn an die Löwen verfüttern wird. Die Pest existiert nur, weil Jodokus existiert, weil sein Glaube und mit ihm seine Götter existieren. Das alles sind die Glieder einer Kette, die sich hier und jetzt zu einem Kreis schließt.«

»Dann hatten die Dorfbewohner recht.« Kriemhild spürte, daß ihre Knie nachzugeben drohten. Sie löste sich aus Berenikes Griff, stolperte zwei Schritte zurück und stützte sich auf eine Tischkante. »Jodokus ist König Pest!«

»Ein Name, nichts sonst«, meinte die Hexe. »Aber, zugegeben, ein recht treffender.«

»Du hast es gewußt!« Kriemhilds Stimme drohte erneut zu versagen. »Du hast es schon vor Jahren gewußt, als du mir prophezeit hast, hierherzukommen.«

Berenikes Mundwinkel zuckten, aber sie schüttelte den Kopf. »Ich habe nichts von alldem gewußt, nicht wirklich. Ich habe bestimmte Dinge vor mir gesehen, im Traum, aber auch im Wachsein, aber ich kannte nicht die Hintergründe, nicht die Ursachen. Ich ahnte, daß es für dich nötig sein würde, hierherzukommen, und ich sah auch, daß eine Seuche der Anlaß sein würde – doch das war schon alles. Erst in den letzten Tagen habe ich begriffen, wie die Dinge tatsächlich zusammenhängen. Meine Fähigkeit ist es, in Träumen zu lesen, manchmal auch, sie zu erschaffen, aber ich weiß selten alles über ihre Bedeutung, und wenn doch, dann meist erst, wenn es zu spät ist. Kein leichtes Schicksal, glaube mir.«

»Ich verstehe nicht...«

»Komm her«, bat die Hexe und winkte Kriemhild mit gekrümmtem Zeigefinger heran. »Als ich in Worms war, da hast du mir noch von einem anderen Traum erzählt, einem Traum von Falken und Adlern. Erinnerst du dich?«

»Ich habe ihn seither wieder und wieder geträumt«, bekannte Kriemhild, konnte sich dabei aber kaum auf ihre eigenen Worte konzentrieren. »Ich ziehe einen herrlichen Falken heran. Eines Tages ist er fort. Statt seiner sitzen auf den Giebeln des Münsters zwei weiße Adler.«

Berenike nickte zufrieden. »Das war es, was du damals gesagt hast. Weißt du mittlerweile, was mit dem Falken geschehen ist?«

»Die beiden Adler haben ihn zerfleischt.«

Noch einmal nickte die Hexe. »Tritt näher, mein Kind, und ich will dir etwas zeigen.«

Kriemhild überwand ihre Scheu. Zum ersten Mal fiel ihr auf – und es war in ihrer Lage eine völlig absurde Wahrnehmung –, daß die Hexe den Duft exotischer Kräuter verströmte. Berenike hob eine Hand und schwenkte sie wie einen Fächer vor Kriemhilds Gesicht hin und her.

»Du sollst noch etwas über die beiden Adler erfahren«, flüsterte sie sanft, und im –

– selben Moment lösten sich Berenike und ihr Turmzimmer vor Kriemhilds Augen in Luft auf. Vor sich sah sie einen weiten blauen Himmel. Davor schwebten die beiden weißen Adler aus ihren Träumen, prachtvolle Tiere, und doch umgab sie eine Aura der Gefahr. Etwas Bedrohliches, ja Teuflisches ging von ihnen aus. Plötzlich schienen sie Kriemhild zu entdecken, denn aus ihrem majestätischen Schweben wurde ein steiler Sturzflug in die Tiefe – genau auf sie zu!

Doch statt ihrer selbst stand plötzlich ein anderer unter der strahlenden Himmelskuppel. Eine Gestalt in bronzefarbener Rüstung, die ihr bekannt vorkam, ohne daß sie sich in ihrem Traum zu erinnern vermochte, woher. Die einzelnen Teile des Rüstzeugs waren mit feinen Ziselierungen geschmückt. Über den Schultern der Gestalt lag ein weiter Umhang aus violettem Stoff, der aus sich selbst heraus zu leuchten schien wie Gewitterwolken über einem nächtlichen Horizont. Ein reichverzierter, gehörnter Helm verdeckte das Gesicht des Ritters; darauf flatterte ein scharlachroter Schweif in den eisigen Winden, die als Vorhut der Adler vom Himmel wehten.

Die Raubvögel stürzten sich auf den Ritter, ohne

Warnung, ohne ersichtlichen Grund. Er erwehrte sich ihrer mit einem langen Spieß, und obgleich sie ihn heftig von zwei Seiten attackierten, gelang es ihm schnell, dem ersten eine tiefe Wunde zu versetzen. Sterbend trudelte das Tier davon, bis es gänzlich im unendlichen Blau verschwunden war.

Der zweite Adler aber kämpfte um so heftiger, als er die Niederlage seines Gefährten erkannte. Mit fingerlangen Krallen schlug er nach dem Ritter, zerfetzte den Umhang und hackte mit seinem Schnabel nach den Augenschlitzen des Helms. Immer wilder wurde der Kampf, immer boshafter die Angriffe des Adlers, der mal von oben, mal von hinten attackierte.

Schließlich aber, als der Vogel eine enge Schleife flog, um erneut aus einem tückischen Winkel herabzustürzen, schleuderte der Ritter den Spieß mit aller Kraft hinauf in die Lüfte. Die Spitze drang in die Brust des Adlers, und dunkles Blut färbte das weiße Gefieder, sprühte vom Himmel herab wie roter Regen. Ein letztes Mal schlugen die weiten Schwingen, dann fiel das Tier in die Tiefe, ein heller Stern, der sich vom Himmelszelt löste und auf immer verlorenging.

Der Ritter stand starr vor den blauen Sphären, ein ehrfurchtgebietender Anblick, trotz des zerrissenen Umhangs und der Blutspuren auf seiner Brünne. Langsam legte er beide Hände an den Helm und zog ihn vom Kopf.

Und im Traum schlüpfte Kriemhild in den Körper des

Kämpfers, denn es war ihr eigenes Gesicht, das unter dem Helm zum Vorschein kam. Ihr langes blondes Haar wehte wie ein zweiter Umhang über ihre Schultern, und ihre Züge waren anmutig und glatt, trotz des heftigen Ringens.

In ihren Augen aber stand blanker Haß, der Haß einer im Kampf Unterlegenen, die ihren Feinden die ewige Verdammnis wünschte.

»Aber ich habe die Adler doch besiegt!« rief Kriemhild aus und begriff zugleich, daß sie sich noch immer in Berenikes Turmzimmer befand. Sie kniete vor dem Thron der Hexe, nicht demütig, sondern schlichtweg erschöpft von den Strapazen der Vision. Jetzt, zurück in der Wirklichkeit, erkannte sie sofort, daß es Prinz Etzels Rüstung gewesen war, die sie beim Kampf mit den Adlern getragen hatte.

Sie öffnete den Mund, um all ihre Fragen hervorsprudeln zu lassen, doch Berenike war schneller und verschloß Kriemhilds Lippen mit einem Zeigefinger. »Psst«, machte sie zärtlich. »Ich kenne keine der Antworten, die du zu wissen begehrst, keine einzige. Nicht ich habe die Bilder geschaffen, die du gesehen hast. Sie waren in dir, Prinzessin, tief in deinem Inneren begraben. Noch sind sie nur Mosaiksteine eines Traums, aber manchmal ist ein Traum die Saat dessen, was geschehen wird. Ich habe die Bilder hervorgeholt, habe sie geweckt, wenn du so willst, doch deuten kann ich sie nicht.«

»Aber –«

»Nein, Kriemhild.« Berenike lehnte sich wieder zurück und schloß die Augen. »Laß mich jetzt allein. Ich bin müde. Und ich will bereit sein, wenn die Götter Einlaß begehren.«

Es war wie ein Blitzschlag, ebenso plötzlich, ebenso heiß: Kriemhild verlor die Beherrschung, derart unerwartet, daß ihr nicht einmal die Zeit blieb, sich über sich selbst zu wundern. Mit einem Aufschrei ließ sie beide Hände vorschießen, packte Berenike an den dürren Schultern und schüttelte sie, daß ihre Gewänder raschelten wie ein Reisigbündel.

»Sag mir die Wahrheit!« schrie sie die Alte an. »Sag mir, verflucht noch mal, die Wahrheit!«

Hinter ihr flog mit einem Poltern die Kammertür auf. Kriemhild bemerkte es kaum; sie hielt die Hexe weiterhin gepackt wie eine Puppe, und schon griff sie mit einer Hand nach dem faltigen Hals, besessen von dem Wunsch, ihn zu zerquetschen.

Jemand legte ihr eine Hand auf die Schulter, doch sie schenkte ihm keine Beachtung. »Die Wahrheit!« brüllte sie außer sich und starrte die Hexe an.

Der Druck auf ihre Schulter wurde stärker, und ehe Kriemhild sich versah, wurde sie von Berenike fortgerissen und herumgewirbelt. Etzel blickte sie düster an, als suchte er in ihren Augen nach einem Weg, sie wieder zu sich zu bringen. Er holte aus, um ihr eine Ohrfeige zu verpassen. Im selben Moment aber kam Kriemhild zur Besinnung. Sie versuchte, sich aus Etzels Griff zu winden, doch die Hände des Hunnenprinzen waren stark wie Eisenzwingen.

»Sie hat dir die Wahrheit gesagt!« sagte er scharf. »Es stimmt mit allem überein, was unsere Weisen vorausgesehen haben.«

»Eure Weisen?« Kriemhild stieß ein hysterisches Lachen aus. »Was kommt noch? Hexen, Seher – als nächstes vielleicht ein paar christliche Priester? Herrgott, glaubt denn jeder hier an das, was diese Alte faselt? Seht Ihr denn nicht, daß es nur Euer Glaube ist, der diese Dinge geschehen läßt?«

»Denkt Ihr, das wüßte ich nicht?« zischte er und zerrte sie mit sich zur Tür.

»Dann tut etwas dagegen, verdammt!«

Sie stolperten hinaus, und Etzel schlug die Kammertür zu, ohne den Schlüssel herumzudrehen. Während er Kriemhild die Stufen hinabdrängte, war sein Blick gleichbleibend finster, als verzehre ihn eine Wut, auf die er längst keinen Einfluß mehr hatte.

»Man kann einen Glauben nicht ablegen wie ein zerrissenes Hemd, Prinzessin.« Er war so aufgebracht, daß sie einen Augenblick lang glaubte, er würde sie doch noch töten. »Wahrer Glaube unterscheidet sich nicht von Wissen, und was ich weiß, kann ich nicht verleugnen.«

Tränen strömten über Kriemhilds Wangen, aber sie achtete nicht darauf, während sie rückwärts vor ihm die Treppe hinabstolperte. »Es muß doch einen Weg geben!«

Etzel aber schüttelte nur den Kopf. »Wir selbst sind es, die die Vernichtung über uns bringen. Versteht Ihr das nicht? Es ist *unser* Glaube, *unser* Wissen.« Plötzlich blieb er stehen, setzte sich auf die Stufen und vergrub das Gesicht in den Händen. »Unsere eigene Überzeugung wird uns töten, und es gibt nichts, was wir dagegen tun könnten.«

Kriemhild fiel vor ihm auf die Knie, nur eine Stufe tiefer. »Aber das ist nicht wahr! Ihr selbst toleriert, was geschieht. Es ist Euer Priester, der das Feueropfer vollzieht, und damit den Glauben vervielfacht an das, was kommen wird. Ihr habt es ihm erlaubt, Etzel! Und nur Ihr könnt es noch verhindern. Es wäre ein erster Schritt, diesem Wahnsinn entgegenzutreten.«

Er hob das Gesicht und sah ihr in die Augen. Sein Blick war müde, sein Haar zerzaust. »Merkt Ihr es denn nicht, Prinzessin? Merkt Ihr nicht, daß auch Ihr selbst längst daran glaubt?«

Und da erst begann Kriemhild vollends zu begreifen, was Berenike ihr angetan hatte.

Der Weidenmann brannte lichterloh, und längst waren die Schreie in seinem Inneren verstummt. Schwarzer, fettiger Qualm stieg als breite Säule zum Himmel empor, und selbst die beiden Raben, die seit einer Weile über der Festung schwebten, mieden die Nähe der stinkenden Schwaden. Der Geruch von verbranntem Fleisch hing zwischen den Mauern und würde wohl erst vom nächsten Regen wieder fortgespült werden. Zugleich ging ein feiner Ascheschauer auf Dächer und Durchgänge nieder, legte sich über das Metall der Rüstungen und Waffen.

Der Hunnenpriester stand wie versteinert vor dem lodernden Götzen, während die Krieger im Hintergrund unruhig von einem Fuß auf den anderen traten, miteinander flüsterten oder sich gänzlich von dem grausigen Schauspiel abwandten.

Jorin vermochte von seinem Versteck auf den Zinnen aus nicht in den Gesichtern der Männer zu lesen – ohnehin kamen ihre fremdländischen Züge ihm wie teuflische Masken vor –, aber das Raunen aus der Menge verriet ihm deutlich, daß nicht jeder der Hunnen mit dem Opfer einverstanden war. Bevor Hagen den Jungen in dem Versteck zurückgelassen und sich allein auf den Weg ins Innere der

Festung gemacht hatte, hatte Jorin den Krieger auf seine Beobachtung angesprochen; doch Hagen hatte nur den Kopf geschüttelt und geflüstert, daß die Barbaren wohl enttäuscht waren, daß der Priester ihnen verboten hatte, ihren Spaß mit den kreischenden Weibern zu haben.

Hagen war schon eine ganze Weile fort, und Jorin kam sich sehr hilflos vor. Dabei schien sein Versteck verhältnismäßig sicher zu sein: Er kauerte hinter einigen Kisten, oben auf den nördlichen Zinnen, und durch die Zwischenräume konnte er hinab in den Hof und auf den brennenden Weidenmann blicken. Er und Hagen hatten die Festung über eine Sturmleiter betreten, die die Hunnen bei ihrem Angriff an der Ostmauer angelegt hatten. Bis jetzt hatte niemand es für nötig gehalten, sie zu entfernen.

»Warte hier, bis ich dich abhole«, hatte Hagen gesagt, ehe er davongeschlichen war, verdeckt vom Rauch des Scheiterhaufens.

Und so saß Jorin nun da, zitterte am ganzen Leib und versuchte, auf andere Gedanken zu kommen. Doch immer wieder stieg die alte Furcht in ihm auf, jene Panik, die er empfunden hatte, als sie zwischen den Felsschollen des Hochwegs näher an die Burg herangeschlichen waren, durch ein Gewirr von Spalten und Rissen, manche fast zwei Schritte breit. Ein falsch gesetzter Fuß, eine vorschnelle Bewegung, und sie wären in die Tiefe gestürzt, hinab in das strudelnde Nebelmeer. Viel schlimmer aber war die Kletterpartie rund um die Burg gewesen, auf einem schmalen Sims zwischen Felsen und Mauer. Einmal war Jorin auf loses Geröll getreten und wäre abgestürzt, hätte Hagen ihn nicht im letzten Moment am Arm gepackt. Damit verdankte er dem Krieger bereits zum zweiten Mal sein Leben.

Jorin schüttelte sich bei der Erinnerung an den Weg zur Festung. Als er seine Sinne wieder beisammen hatte, erkannte er, daß unten im Hof etwas Neues vor sich ging.

Das Gitterwerk des Weidenmannes war längst zusammengestürzt. Der Priester löste seinen Blick von den Flammen, um sich den Kriegern zuzuwenden. Gerade wollte er zu weihevollen Worten ansetzen, als die Männer in Unruhe gerieten. Zwei von ihnen traten vor und zerrten eine schmale Gestalt mit sich, die aus einer Wunde am Kopf blutete.

Jodokus, Anblick grub sich wie ein Eisenstachel in Jorins Herz. Hilflos mußte der Junge mitansehen, wie der Priester ein paar kurze Worte mit den Bewachern des Sängers wechselte, dann deutete er unmißverständlich auf das Feuer in seinem Rükken.

Ungerührt verfolgte der Priester, wie die beiden Krieger Jodokus zum Scheiterhaufen zerrten. Die Flammen spiegelten sich im Blick des Hunnen, und selbst für Jorin oben auf den Zinnen sah es aus, als hätten seine Augäpfel Feuer gefangen.

❧

Lange saßen Kriemhild und Etzel auf den Stufen des Nordturms und sagten kein Wort, versunken in sorgenvollen Gedanken. Schließlich aber gab der Prinz sich einen Ruck und stand auf.

»Ich muß zurück zu meinen Männern«, meinte er und reichte Kriemhild die Hand.

Sie beachtete die Geste nicht und erhob sich ohne seine Hilfe. Der Gestank des brennenden Weidenmannes zog durch den Turm wie durch einen Kaminschacht, sammelte sich im oberen Teil und wurde mit jedem Atemzug unerträglicher. Aber Kriemhild wußte auch, daß der Odem der brennenden Frauen sie in jeden Winkel der Festung verfolgen würde und daß es keinen Zweck hatte, davor davonzulaufen.

Sie gab Etzel ebenso wie Berenike die Schuld am Tod der Hexenschülerinnen. Aber hatte er überhaupt eine andere Wahl gehabt? Der Priester und die übrigen Krieger verlangten vom Sohn ihres Herrschers, daß er sich unerbittlich zeigte. Doch allein die Tatsache, daß Etzel dem grauenvollen Ritual nicht beigewohnt hatte, verriet deutlich, daß es mit seiner Unerbittlichkeit nicht allzuweit her war. Etzel war kaum älter als Kriemhild, und sie fragte sich, wie sie selbst an seiner Stelle gehandelt hätte. Sie gab solche Gedankengänge auf, als ihr klarwurde, daß sie sich nie, *niemals* in einen Hunnen würde hineindenken können.

»Gestattet mir eine Frage«, bat er, als er hinter ihr die Stufen hinabstieg.

Sie gab keine Antwort, deshalb fuhr er fort: »Seid Ihr bereits einem Bräutigam versprochen?«

Sie versuchte, ihr Lachen so kalt wie möglich klingen zu lassen. »Macht Ihr Euch Hoffnungen?«

»Oh, gewiß nicht«, sagte er schnell, »zu Hause wartet bereits eine Braut auf mich.«

»Wie ist ihr Name?«

»Helche. Sie ist die Tochter eines Fürsten und mir seit ihrer Geburt versprochen.«

»Wie rührend.«

»Nicht im geringsten. Ich habe sie noch kein einziges Mal zu Gesicht bekommen.«

Kriemhild seufzte, und für einen winzigen Moment schienen sie sich beide an einem Ort außerhalb jeder Gefahr zu befinden, wo sie nichts anderes waren als zwei Königskinder, die über Dinge sprachen, die nur für Menschen ihres Standes Bedeutung hatten. »Einst hatte mein Vater ähnliche Pläne mit mir«, sagte sie. »Doch als er starb, hob mein Bruder die alten Versprechungen auf und gewährte mir das Recht, an der Entscheidung teilzuhaben.« Sie zögerte einen Moment, ehe sie abrupt das Thema wechselte. »Sagt, warum habt Ihr eigentlich die Festung nicht längst verlassen?«

»Der Priester hat darauf bestanden, das Ritual zu vollziehen.«

»Und Ihr opfert ohne weiteres Euer eigenes Leben für den Starrsinn eines anderen?«

»Noch besteht die Möglichkeit, daß das Ritual die Götter besänftigt.«

Kriemhild verzog abfällig das Gesicht, erwiderte aber nichts. Sie durchschaute Etzels wahre Beweggründe: Wenn er mit ihr als Geisel heimkehrte, dazu mit dem Bericht des Priesters, daß der Prinz eine heraufziehende Götterdämmerung abgewendet hatte, war Etzels Thronfolge nicht länger nur eine Frage der Abstammung. Man würde seine Taten im ganzen Hunnenreich besingen.

Ein markerschütternder Schrei riß sie aus ihren Gedanken.

»Das kam vom Hof!« Etzel drängte von hinten gegen sie. Kriemhild mußte die letzten Stufen mit weiten Sätzen hinabspringen, um nicht unter seinem Anprall zu stolpern. Im Erdgeschoß stieß er sie grob beiseite und stürmte hinaus ins Freie. Kriemhild folgte ihm ohne Groll. Sie rannten durch eine schmale Gasse zwischen zwei Häusern und erreichten den freien Platz im Norden der Festung.

Der Weidenmann war bis auf das Pflaster heruntergebrannt. Die Flammen schlugen immer noch mannshoch aus der Asche, doch es war abzusehen, daß sie bald verlöschen würden. Im Gewirr der Überreste des Götzen waren die verbrannten Leichen der Frauen nicht mehr zu erkennen; unmöglich zu sagen, was Zweige und was verkohlte Knochen waren.

Vor dem Feuer standen zwei Hunnen und hielten eine Gestalt, die sich verzweifelt zur Wehr setzte. Erst beim zweiten Hinsehen erkannte Kriemhild Jodokus. Die Hunnen machten Anstalten, ihn ins Feuer zu stoßen!

Sie schrie wutentbrannt auf und wollte vorstürzen, doch Etzel packte sie am Arm und riß sie zurück.

»Laßt mich los!« brüllte sie ihn an und schlug mit den Faust auf ihn ein.

Etzel aber beachtete sie kaum. Er sah auch nicht zu Jodokus hinüber. Statt dessen war sein Blick hinauf zu den Zinnen gerichtet. Dort stand, unweit einer Reihe von Kisten und Fässern, ein Hunnenkrieger und stützte sich mit beiden Händen auf die Mauer. Er hatten ihnen allen den Rücken zugewandt und schaute über die Zinnen hinweg ins Tal. Dabei rührte er sich nicht, als sei er vor Entsetzen zu Stein erstarrt.

Da erst begriff Kriemhild, daß es nicht Jodokus

gewesen war, der den furchtbaren Schrei ausgestoßen hatte.

Etzel rief etwas in der Sprache des Hunnenvolkes zu dem Mann hinauf. Der Krieger antwortete nicht. Erst als auch der Priester die Stimme erhob, wandte der Mann sich langsam um. Selbst gegen den hellblauen Himmel war deutlich zu erkennen, wie bleich er geworden war. Seine Augen waren weit aufgerissen. Stockend rief er einige Worte in den Hof hinunter, und sogleich ging ein aufgeregtes Raunen durch die Reihen der Hunnenkämpfer. Die beiden, die Jodokus festhielten, rührten sich nicht; in der Aufregung hatte ihr Auftrag an Bedeutung verloren.

Etzel nahm sich nicht die Zeit, Kriemhild irgend etwas zu erklären. Er ließ sie los und stürmte auf die nächstgelegene Treppe zu, die hinauf zum Wehrgang führte. Kriemhild wollte ihm folgen, doch mehrere Krieger verstellten ihr den Weg. Etzel rief ihnen, ohne sich umzudrehen einen Befehl zu, so daß sie eilig zurücktraten. Sogleich sprang Kriemhild hinter dem Prinzen die Stufen hinauf. Einige Hunnen wollten den beiden folgen, doch der Priester hielt sie mit keifenden Rufen zurück. Was immer der Wächter auf den Zinnen entdeckt hatte, es ließ den Priester um seine Autorität fürchten.

Kriemhild holte Etzel noch auf der Treppe ein. Gemeinsam traten sie an die Zinnen und blickten in die Richtung, in die der Wächter gedeutet hatte.

Der Anblick war enttäuschend und beruhigend zugleich. Vor ihnen wogte das weiße Nebelmeer und deckte das Tal mit seinen Schwaden vollkommen zu. Erst nach einigen Herzschlägen fiel Kriemhild auf, daß die Tannen und Fichtenwipfel, die noch bei ihrer Ankunft an einigen Stellen aus dem Dunst geschaut hatten, verschwunden waren. Ein Blick an der Burgmauer hinab bestätigte, ihr daß sich der Nebel gehoben hatte, um mindestens vier oder fünf Mannslängen. Die Klippe, auf der Berenikes Hort ruhte, war bereits im Nebel versunken wie ein leckgeschlagenes Schiff, und nun griffen die Dunstarme auch nach den Granitmauern.

Etzel fuhr den Wächter gereizt in seiner Sprache an, und der Mann erwiderte etwas.

»Was hat er gesehen?« fragte Kriemhild. Ihr Herz raste vor Aufregung und bösen Vorahnungen.

Etzels Blick schweifte über den Dunst, bis hinüber zu den dunkelblauen Silhouetten der Bergkuppen. »Er sagt, da war etwas im Nebel. Irgend etwas Großes. Er meint, es sei wie ein Flußotter kurz an der Oberfläche entlanggeglitten und dann sofort wieder verschwunden.«

Kriemhild schüttelte verständnislos den Kopf. »Aber da unten ist kein See, nur Wald.«

»Das weiß ich«, sagte der Prinz gereizt. »Als meine Leute und ich durchs Tal ritten, war der Nebel noch nicht da. Nur ein Wald wie jeder andere. Aber vielleicht sind wir ein wenig zu schnell davon ausgegangen, daß alles Göttliche von *oben* kommt.«

»Es ist der Nebel!« rief da Jodokus über das Prasseln der Flammen hinweg. »Der verdammte Nebel!«

Kriemhild sah zu ihm hinunter, aber ihre Blicke kreuzten sich nicht. Jodokus starrte gebannt in die Flammen, selbst jetzt noch, während sich alle Augen auf ihn richteten.

Der Priester begann erneut, Befehle zu kreischen, und schon schleppten die beiden Wächter Jodokus näher an die Flammen. Doch da brüllte Etzel lautstark etwas über den Lärm hinweg, und sofort wandten sich die beiden Krieger mit ihrem Gefangenen vom Feuer ab und zerrten ihn die Stufen zum Wehrgang hinauf.

Kriemhild fiel Jodokus um den Hals, und Etzel gab Befehl, ihn loszulassen. Die beiden Hunnen lösten ihren Griff, blieben aber unmittelbar hinter dem Sänger stehen.

Jodokus lächelte schief und erwiderte Kriemhilds Umarmung.

»Wo ist der Met?« fuhr Etzel ihn an.

Die beiden lösten sich voneinander. »Welcher Met?« fragte Jodokus trotzig, doch Kriemhild schenkte ihm einen drohenden Blick und sagte nur: »Der Buckel.« Sogleich wurde der Sänger erneut von einem seiner Bewacher gepackt, während der andere Jodokus' Wams hochriß und den Weinschlauch entblößt. Nach zwei, drei schnellen Schnitten mit dem Dolch lag der Schlauch in der Hand des Hunnen.

Jodokus protestierte empört: »Er gehört mir! Gib ihn zurück!« Doch seine Gegenwehr blieb vergebens. Gegen die Kraft des Hunnen war er machtlos.

»Jodokus«, sagte Kriemhild beruhigend, doch er beachtete sie gar nicht, sondern hatte nur Augen für den Weinschlauch, der jetzt an Etzel gereicht wurde.

»Jodokus!« rief sie noch einmal, diesmal schärfer, und jetzt traf sie sein vorwurfsvoller Blick. Sie aber ließ den Sänger gar nicht erst zu Wort kommen. »Wir werden sterben, wenn du dich nicht davon trennst.«

»Als ob das einen Unterschied macht«, gab er zornig zurück, aber er schien sich mit der Niederlage abzufinden.

Kriemhild wunderte sich über sich selbst, als sie sich vorbeugte und ihm einen Kuß auf die Wange hauchte. »Danke«, flüsterte sie leise.

Etzel hatte den Schlauch derweil entkorkt und hielt die Öffnung vorsichtig unter die Nase. »Es ist tatsächlich Met, ganz eindeutig.«

»Was habt Ihr erwartet?« fragte Jodokus höhnisch, aber er klang nicht mehr ganz so angriffslustig wie zuvor. Er starrte nur Kriemhild an, die ihm ein knappes Lächeln schenkte.

Der Hunnenprinz wirkte unschlüssig, was er mit dem Met tun sollte. Berenike mußte ihm alles darüber erzählt haben, doch jetzt, wo er den Schlauch in Händen hielt, zweifelte er plötzlich.

»Werft ihn in den Nebel«, schlug Kriemhild vor.

Etzel verharrte einen Augenblick lang, dann nickte er nachdenklich. »Das wird wohl das beste sein.«

»Nein!« rief Jodokus. »Ich habe zu lange –«

Kriemhild fiel ihm barsch ins Wort. »Du hast einen ganzen Landstrich damit entvölkert!«

Jodokus mußte die Wahrheit zumindest ahnen, denn er verstummte schlagartig und versuchte kein weiteres Mal, den Met zurückzuerlangen.

Etzel preßte den Korken tief in die Öffnung des Weinschlauches, packte ihn dann an seinem schmalen Ende, holte aus und schleuderte ihn weit über die Zinnen hinaus. Es ertönte kein Donnern und keine göttliche Stimme; kein Blitz fuhr zur Erde, und kein Schlund tat sich im Nebel auf. Statt dessen sauste der Schlauch nur in weitem Bogen in die Tiefe und wurde vom Dunst verschluckt.

Einen Augenblick lang herrschte Stille. Niemand sprach ein Wort. Sogar das Feuer im Hof knisterte kaum mehr, allmählich erloschen die Flammen.

Etzel und Kriemhild wechselten einen unsicheren Blick. Sie wußte, daß er dasselbe dachte wie sie selbst: Hat es gewirkt? Kann das wirklich schon alles gewesen sein?

Die Antwort gab ihnen der Nebel, denn er schien plötzlich schneller zu steigen. Schnell genug, um der Bewegung mit bloßem Auge folgen zu können.

»Es hört nicht auf«, flüsterte Etzel beklommen.

Kriemhild war plötzlich sehr kalt. Wieder wurde ihr bewußt, daß sie längst jedes einzelne von Berenikes Worten für bare Münze nahm. Ihr eigener Glaube an Jodokus' Götter vereinigte sich mit dem der anderen, und gemeinsam machten sie die Mächte dort draußen mit jedem Atemzug stärker, zorniger, furchterregender.

»Es ist das Spiel«, raunte Jodokus kaum verständlich. »Niemand bricht ein Spiel so kurz vor dem Ende ab, egal, was geschieht. Sie drängen auf eine Entscheidung.«

Keiner widersprach ihm. Nur Etzel fragte: »Was wird geschehen?«

Jodokus versuchte, die Schultern zu heben, doch der Klammergriff seines Bewachers hielt ihn davon ab. »Ich weiß es nicht«, sagte er matt.

Kriemhild schaute zurück in den Hof. Die Hunnen standen stocksteif, keiner wagte sich zu rühren. Sogar der Priester blickte starr zu ihnen empor. Seine Lippen bewegten sich im lautlosen Gebet.

Und noch etwas sah sie. Eine Bewegung am Rand des Platzes, im Schatten eines Gebäudes, jenseits einer Ecke. Sie sah einen Umriß, eine Gestalt. Dann einen Wink.

»Etzel«, sagte sie und versuchte, gefaßt zu klingen. »Ich muß mit Euch sprechen. Unter vier Augen.«

Der Prinz blickte sie fragend an, doch er wirkte nicht mißtrauisch, nur ein wenig erstaunt. Sein Antlitz war leichenblaß, so wie die Gesichter aller anderen auch. Sie würden noch eine Weile brauchen, um gänzlich zu erfassen, was auf sie zukam. Falls ihnen so viel Zeit überhaupt noch blieb.

Etzel nickte ihr kurz zu und stieg dann mit ihr die Stufen zum Hof hinunter. Im Vorbeigehen gab er Jodokus' Bewacher Befehl, den Sänger loszulassen. Die beiden anderen, der zweite Wachtposten und jener, der etwas im Nebel gesehen zu haben glaubte, folgten ihnen die Treppe hinab, schlossen sich unten den übrigen Männern an. Jodokus blieb mit einem Krieger auf dem Wehrgang zurück, und beide blickten jetzt gleichermaßen angstvoll über die Zinnen hinweg in den aufsteigenden Nebel.

Der Priester wollte Kriemhild und Etzel folgen, doch der Prinz gab ihm mit einer Geste zu verstehen, daß er mit Kriemhild allein sein wollte. In die Hunnenkrieger kam derweil Bewegung, als mehrere von ihnen nach ihren Waffen griffen. Sie begannen, sich um den Priester zu scharen, so daß dieser den Prinz und die Prinzessin schnell aus den Augen verlor.

Nach wenigen Schritten blieb Kriemhild im Schatten stehen.

»Was denkt Ihr«, fragte sie, »wie hoch ist wohl das Lösegeld für das Kind eines Königs.«

Er schüttelte verärgert den Kopf. »Vergeßt das Lösegeld. Ich glaube, wir haben andere Sorgen als den Wert Eures Kopfes.«

»Ihr mißversteht mich«, entgegnete sie mit schmalem Lächeln, »es geht nicht um *meinen* Kopf.«

Hagen löste sich aus seinem Versteck jenseits der Hauskehre, ein blitzschneller Schemen, der lautlos heranschoß, eine behandschuhte Pranke von hinten auf den Mund des Prinzen preßte und den anderen Arm um seine Brust legte. Nur Herzschläge später waren beide hinter dem Gebäude verschwunden. Kriemhild blickte sich sichernd zum Hof hin um, dann eilte sie hinterher.

Als sie um die Ecke bog, war Etzel bereits ohne Bewußtsein.

»Ist er –«

»Nein«, entgegnete Hagen im Flüsterton, »natürlich nicht.«

Kriemhild überspielte ihre Erleichterung und fragte leise: »Ich nehme an, du hast einen Plan.«

»Der Nebel zieht bereits über den Hochweg. Wir müssen uns beeilen, wenn wir noch rechtzeitig von hier verschwinden wollen.«

»Wo ist der Junge?«

Er schüttelte finster den Kopf. »Vergiß den Jungen. Wir müssen dein Leben retten.«

Sie sah ihn entgeistert an. »Das ist doch nicht dein Ernst, oder?«

»Der Junge ist nicht mehr wichtig. Es ist zu spät.«

Kriemhild stand fassungslos da und bebte vor Wut. »Du hast dieses Kind nur mitgenommen, um es an meiner Stelle zu opfern! So ist es doch, nicht wahr? Du wolltest mich befreien, warst aber nicht sicher, ob Berenike mit ihrer Prophezeiung nicht doch recht hatte. Dein Plan war, statt meiner den kleinen Jorin zu töten!«

Hagens Blick verriet keine Spur von Scham oder Reue. »Wenn du weiter so herumschreist, werden sie uns entdecken.«

»Das macht wohl kaum noch einen Unterschied!«

»Wir müssen zum Tor«, sagte er eindringlich. »Noch können wir die Burg über den Hochweg verlassen. Wenn er erst völlig im Nebel untergegangen ist, dann –«

»Nicht ohne Jorin!« sagte sie fest. »Und nicht ohne Jodokus!«

»Du willst den Sänger mitnehmen? Du hast ja den Verstand verloren!« Hagen hielt immer noch den bewußtlosen Etzel im Arm; Kriemhild kannte ihn gut genug, um zu wissen, daß er sie sonst auch gegen ihren Willen von hier fortgeschleppt hätte.

»Wir gehen zurück und holen sie«, beharrte sie und fügte ein wenig unsicherer hinzu: »Irgendwie.«

»Irgendwie!« Hagen verzog das Gesicht. »Es ist völlig unmöglich. Jeden Moment werden sie anfangen, nach dir und diesem Prinzen zu suchen. Bis dahin müssen wir von hier fort sein.«

Kriemhild schüttelte den Kopf. »Nein.« Sie war sich bewußt, daß sie vielleicht gerade den größten Fehler ihres Lebens beging. Und den letzten. Sie konnte nicht anders.

Ohne Hagen weitere Beachtung zu schenken, drehte sie sich um und trat wieder an die Hausecke. Vorsichtig blickte sie um die Kante zurück zum Hof. Der Priester wies gerade zwei Krieger an, eine von den Kisten herbeizuholen, die oben auf den Zinnen standen.

Hagen stand plötzlich hinter ihr. Er hatte Etzel am Boden abgelegt.

»Verflucht!« entfuhr es ihm, als er sah, daß die beiden Krieger sich den Kisten auf dem Wehrgang näherten.

»Was ist?« fragte Kriemhild.

»Der Junge! Er versteckt sich hinter den Kisten.«

Kriemhild blickte alarmiert hinauf zu den Zinnen. Die beiden Krieger beugten sich vor und hoben gemeinsam eine der Kisten vom Boden. Dahinter war nichts als leere Mauer. Kriemhild atmete auf. Eilig trugen die Männer ihre Last die Stufen hinunter und luden sie vor der Feuerstelle auf dem Pflaster ab. Der Priester verscheuchte sie mit einer Handbewegung und stieg auf den Kistendeckel. Zufrieden mit seiner erhöhten Position blickte er ernst auf die Männer herab, die sich im Halbkreis um ihn versammelten.

Auch der einzelne Krieger, der mit Jodokus auf den Zinnen zurückgeblieben war, trat an die innere Kante des Wehrganges und blickte hinab in den Hof. Sein Befehl, den Nebel zu beobachten, war vergessen; wie alle anderen suchte er Trost in den Worten des Priesters.

Der Mann stand mit dem Rücken zu den verbliebenen Kisten. Abermals fürchtete Kriemhild, Jorin könnte entdeckt werden, und ihr Blick huschte aufgeregt zwischen den Kisten und Jodokus hin und her. Doch der Sänger blickte immer noch über die Zinnen hinweg in den Nebel; er schien beinahe darauf zu warten, daß die Prophezeiungen sich endlich bewahrheiteten.

Hinter den Kisten bewegte sich etwas.

»Um Gottes willen«, flüsterte Kriemhild beschwörend, »bleib unten!«

Aber Jorin erhob sich noch im selben Augenblick, stieg unbemerkt über ein Faß hinweg, holte mit beiden Armen aus – und rammte dem Krieger an der Kante die Fäuste ins Kreuz. Völlig überrumpelt stieß der Mann ein erstauntes Keuchen aus, seine Hände wirbelten haltsuchend durch die Luft, dann kippte er vornüber. Kreischend stürzte er in die Tiefe, schlug hart wie ein Stein auf dem Pflaster auf. Reglos blieb er liegen.

Ein Aufschrei der Empörung ging durch die Versammlung der Krieger. Sie alle entdeckten zugleich den kleinen Jungen, der an der Kante stand und unentschlossen auf den Körper unten im Hof blickte. Jorin schien nicht glauben zu können, was er gerade getan hatte.

Auch Jodokus drehte sich um, langsam, wie in Trance. Als er erfaßte, was geschehen war, und sah, daß ein halbes Dutzend Hunnen mit blankgezogenen Schwertern die Treppe heraufstürmte, beschleunigten sich seine Bewegungen. Blitzschnell schob er Jorin mit dem Rücken an die Zinnen und eilte mit zwei weiten Sätzen zu den Kisten. Eine hob er mit beiden Händen empor und schleuderte sie den Kriegern auf der Treppe entgegen. Das hölzerne Geschoß krachte mitten unter sie und brachte die vorderen zu Fall. Brüllend stürzten sie nach hinten, rissen die übrigen mit sich und taumelten haltlos über den Rand der geländerlosen Treppe ins Leere. Fünf der sechs Männer verloren das Gleichgewicht und fielen hinab in den Hof, nur einer prallte der Länge nach auf die Stufen und brach sich an einer Kante den Unterkiefer. Die anderen waren offenbar mit Prellungen und Schmerzen davongekommen, denn die ersten richteten sich bereits wieder auf und setzten mit haßerfüllten Mienen zur Verfolgung des Sängers und des kleinen Jungen an.

Als sie aber hinauf zum Wehrgang schauten, waren die beiden spurlos verschwunden.

Der Priester brüllte Befehle, und ein weiterer Teil der Krieger löste sich aus der Versammlung und lief am Fuß der Mauer entlang nach Osten.

Auch Kriemhild hatte gesehen, wie Jodokus und Jorin den Wehrgang entlang in östliche Richtung gelaufen waren. Augenscheinlich wollten sie die Burg umrunden und an anderer Stelle nach unten steigen, in der Hoffnung, ihren Verfolgern zuvorzukommen.

Hagen riß Kriemhild am Oberarm herum. »Wenn sie klug sind, laufen sie zum Tor. Sie könnten es schaffen, und wir ebenfalls. Komm schon!« Mit diesen Worten warf er sich den reglosen Etzel über die Schulter, als wöge er trotz seines Rüstzeugs nicht mehr als ein junges Rehkitz.

Kriemhild gab schweren Herzens nach und folgte

dem Krieger über die Gasse. Als sie im Laufen einen letzten Blick zurück zum Hof warf, sah sie, daß der Priester sie entdeckt hatte. Befehle und Stiefelschritte hallten zwischen den Mauern wider, als sich ein ganzer Trupp von Hunnen in Bewegung setzte und die Verfolgung aufnahm.

»Komm! Schneller!« schrie Hagen ihr über die Schulter zu.

Sie überholte ihn einen Augenblick später. Hagen atmete schwer unter der Last des Prinzen, seine Geschwindigkeit war dennoch erheblich; ob sie aber ausreichen würde, um eine Horde wildgewordener Hunnen abzuschütteln, schien unwahrscheinlich. Schon waren die ersten auf fünfzehn Schritte heran, und ihre Schreie und das Scharren ihrer Sohlen erfüllten den Einschnitt zwischen den Häusern mit ohrenbetäubendem Lärm.

Nach der nächsten Ecke war das Tor vor ihnen zu sehen. Zwischen ihnen und dem Spitzbogenportal lag ein weiterer Hof. Gerade stolperten Jodokus und Jorin eine Treppe hinunter, während aus einer anderen Richtung Gebrüll ertönte. Sowohl auf dem Wehrgang als auch am Fuß der Mauer waren ihnen die Hunnenkrieger dicht auf den Fersen.

Doch es war nicht der Anblick der bedrängten Freunde, der Kriemhild eiskaltes Grauen einflößte.

Jenseits des Tores hatte sich die Welt in weißes

Nichts aufgelöst. Der Nebel hatte den Hochweg verschlungen. Durch den offenen Torbogen quollen wabernde Schwaden.

»Weiter!« rief Hagen unermüdlich. Etzels Körper regte sich noch immer nicht, und das mochte einer der Gründe sein, weshalb keine Bogenschützen auf sie anlegten; Hagen lief genau hinter Kriemhild, und der Prinz auf seiner Schulter war ein hervorragender Schutz vor Pfeilen.

Sie trafen Jorin und Jodokus am Tor, während sich hinter ihnen die Verfolger zu einer tödlichen Meute vereinigten. Jorin war totenblaß, seine Augen weit aufgerissen. Jodokus zog ihn keuchend am Arm hinter sich her. Der Kleine rannte mit all seiner Kraft. Kriemhild ergriff Jorins andere Hand, und gemeinsam gelang es ihnen, den Jungen durch den Torbogen zu ziehen.

Hinein in den Nebel.

Es war, als hätte man sie blitzartig an einen anderen Ort katapultiert. Ein dichter Vorhang trennte sie plötzlich von ihren Verfolgern, ein wattiges Etwas, das den Lärm der Hunnen beinah gänzlich schluckte. Nur ganz dumpf und fern waren noch ihre Schreie, das Rasseln der Rüstungen und Klingen und das Getrappel ihrer Füße zu hören. Hagen stürzte als schwarzer Schemen mit dem Prinz auf seinen Schultern hinter Kriemhild und den anderen her, doch jenseits seiner Fersen endete die Welt. Da war nur geisterhaftes Weiß, das Berenikes Hexenhort allmählich verzehrte.

Doch kaum waren sie weitergelaufen – blindlings tiefer in den Nebel, in der verzweifelten Hoffnung, nicht über die Kanten des Hochwegs in den Abgrund zu stürzen –, als ihr Wunschdenken den Gesetzen der Wirklichkeit nachgab: Die Hunnen folgten ihnen unbeirrt, und das, was die Flüchtenden von ihnen trennte, war nichts als Nebel, der weder vor Klingen noch Pfeilspitzen schützte. Kriemhild konnte die Männer nicht sehen, zu dicht war der naßkalte Dunst, doch sie hörte wohl, daß die Krieger immer noch dicht hinter ihnen waren, denn die Geräusche wurden jetzt wieder lauter, als würden die Verfolger sie in den nächsten Augenblicken einholen.

Kriemhild spürte Jorins Hand kühl in ihrer eigenen, und sie konnte ihn als vagen Umriß neben sich erkennen. Von Jodokus aber war kaum mehr etwas zu sehen. Sie hörte seine Schritte, auch sein gehetztes Keuchen, aber er lief verschleiert hinter einer Wand aus Weiß, obwohl er sich kaum drei Schritte links von ihr befand und immer noch Jorins andere Hand hielt. Einmal blickte sie über die Schulter zurück und sah, daß Hagen allmählich langsamer wurde. Er war ganz nahe hinter ihr, und noch sah sie seine verschwommene Form im Dunst. Doch auch er wurde immer stärker vom Nebel überlagert. Der gerüstete Etzel auf seinen Schultern machte ihm mit jedem Schritt mehr und mehr zu schaffen; selbst Hagens Kräfte waren nicht unerschöpflich.

Auch Kriemhild ging der Atem aus. Daß sie überhaupt noch laufen konnte, hatte sie allein dem Umstand zu verdanken, daß sich ihre Beine scheinbar verselbständigt hatten. Doch nicht einmal das vermochte darüber hinwegzutäuschen, daß dies der Anfang vom Ende war.

Die Hunnenmeute wälzte heran, immer näher und näher, so unsichtbar wie mörderisch.

Die Erkenntnis ihrer Niederlage traf Kriemhild im gleichen Moment, da Jorin plötzlich aufschrie. Sie spürte, wie ihre Hand zurückgerissen wurde, als der Kleine stolperte und zu Boden fiel. Hagen bemerkte es zu spät, versuchte noch auszuweichen, und taumelte seinerseits. Mit einem atemlosen Fluch krachte er auf die Knie, während Etzel von seinen Schultern glitt und mit scheppernder Rüstung auf dem Felsboden aufschlug.

Kriemhild überlegte nicht lange. Statt weiterzulaufen, fuhr sie herum, beugte sich über den bewußtlosen Prinzen und riß sein Schwert aus der Scheide. Mit einem Satz sprang sie über ihn hinweg, an Hagen vorbei und baute sich mit dem Rücken zu den Gefährten vor dem Nebel auf.

Kommt doch! dachte sie verbissen und blinzelte in die Richtung der Hunnen. Ein kurzer Blick über die Schulter zeigte ihr, daß Hagen wieder auf den

Beinen war. Statt Etzel aufzuheben, nickte er Kriemhild nur zu, zog seine eigene Klinge und bezog neben ihr Stellung. So beendeten sie ihre Flucht, Seite an Seite, und stellten sich den Feinden zum Kampf.

»Sie kommen!« schrie Jorin.

Es dauerte einen Moment, ehe Kriemhild begriff, daß er nicht die Hunnen meinte.

Es begann zu ihrer Rechten, ein sonderbares Zittern, das den Nebel durchlief wie die Ausläufer einer fernen Flutwelle die Gestade eines Ozeans. Es verursachte kein Geräusch, nicht so wie der Hufschlag, den Kriemhild damals im Hohlweg gehört hatte. Dies hier, was immer es war, bestand nur aus Bewegung, aus Kraft, aus monströser Gewalt. Es raste heran wie ein Wirbelsturm, und einen kurzen Augenblick lang glaubte Kriemhild, jenseits der wirbelden Schwaden etwas zu sehen, irgend etwas Großes, so ungemein *Großes*! Dann warf die Nebelwelle sie zurück wie ein Orkanstoß, das Schwert entglitt ihren verkrampften Fingern, und sie selbst wurde zu Boden geschleudert, mehrere Schritte nach hinten. Neben ihr, so nah, daß Kriemhild sie ganz genau sehen konnte, klaffte die scharfe Kante des Hochwegs, und jenseits davon der hungrige Abgrund. Ein Beben erfüllte die Luft, den Nebel, ihren eigenen Kopf, und sie wußte, es war hier, ganz nah, direkt vor ihr!

Und dann verschwand es wieder. Von einem Herzschlag zum nächsten war es fort.

Als Kriemhilds Sinne zurückkehrten und sie sich wieder auf etwas anderes konzentrieren konnte als auf ihre eigene Panik, da war auch das Schreien ihrer Verfolger verklungen.

Totengleiche Stille lag über dem Hochweg. Die Hunnen verfolgten sie nicht länger.

Etwas schoß aus der Nebelwand auf Kriemhild zu. Sie schrie auf, wollte sich herumwerfen – zu spät! Jorins Arme schlossen sich um ihren Oberkörper, als er sich angstvoll an ihren Hals warf.

Der Junge! hämmerte sie sich erleichtert ein. Nur der Junge!

Sie erwiderte seine Umarmung einen Moment lang, dann stand sie auf. Die Hand des Kleinen hielt sie fest.

»Hagen?« fragte sie zaghaft ins Leere. »Jodokus? Seid ihr da?«

»Hier!« knurrte eine Stimme. »Wir müssen weiter, bevor es wiederkommt!«

Und Kriemhild rannte, Jorin dicht an ihrer Seite, den Hochweg entlang nach Westen, zurück zum Rand des Tals. Irgendwann ging es plötzlich bergauf, und da erkannte sie, daß der Felspfad hinter ihnen lag und sie die Berge erreicht hatten. Gehetzt lief sie mit Jorin den Weg hinauf. Zu beiden Seiten mußte jetzt Wald sein, völlig vom Nebel verhüllt.

Erst ganz allmählich, als sie sich der Bergkuppe näherten, wurden die Schwaden dünner, um dann völlig abrupt zu enden. Kriemhild und Jorin liefen noch einige Schritte weiter, dann sanken sie auf dem schmalen Waldweg nieder. Hinter ihnen wurden Schritte laut, und als Kriemhild sich umwandte, sah sie Hagen mit Etzel auf seinen Schultern aus dem Nebel stolpern. Unmittelbar vor ihr brach er zusammen.

Das Tal lag da wie eine riesenhafte Milchschüssel. Die Oberfläche des Nebels war vollkommen glatt, nur in der Mitte schauten zwei Spitzen hervor, die Dächer der beiden Türme. Die roten Fahnen hatten aufgehört zu flattern, und auch der Wetterhahn auf dem Nordturm drehte sich nicht mehr. Es war vollkommen windstill.

»Wo ist Jodokus?« Kriemhild blickte sich alarmiert um. »Hagen, hast du Jodokus gesehen?«

Das eine Auge des Kriegers blickte sie müde an. »Ich dachte, er wäre bei dir und dem Jungen.«

Kriemhild sah in einem Anflug von Panik Jorin an, doch der schüttelte nur traurig den Kopf. »Er hat mich losgelassen, als wir alle hinfielen.«

Mit letzter Kraft taumelte sie auf die Füße und näherte sich erneut dem Nebel.

»Nein!« rief Hagen. »Kriemhild, bleib hier!«

»Ich muß ihn suchen«, widersprach sie verzweifelt.

»Wie willst du ihn da drinnen finden?« Hagen deutete über den ohnmächtigen Etzel hinweg ins Tal. »Was immer die Hunnen geholt hat, es ist immer noch irgendwo dort unten.«

»Aber Jodokus hat –«

»Seht!« schrie plötzlich Jorin und zeigte mit ausgestrecktem Arm über den Nebel.

Kriemhild und Hagen folgten seinem Blick zu den beiden Turmspitzen, die wie die Masten eines gesunkenen Seglers aus dem Dunst hervorstachen. Auf dem Dach des Nordturms regte sich etwas. Eine Luke wurde nach außen geklappt, eine Gestalt schob sich hinaus auf die schwarzen Ziegel.

Das Dach war so steil, daß Jodokus Mühe hatte, nicht den Halt zu verlieren. Dennoch beugte er sich noch einmal über den Rand der Luke und half einer Frau in weiten Gewändern ins Freie. Berenikes Bewegungen waren langsam und müde. Dennoch gelang es ihr, mit Hilfe des Sängers aufs Dach zu klettern. Gemeinsam schoben sie sich der Spitze entgegen, bis ihre Hände die Fahnenstange umfaßten.

Tränen verschleierten Kriemhilds Sicht, und sie mußte sich mit dem Ärmel über die Augen reiben, um den Freund ein letztes Mal zu sehen. Viel Zeit blieb ihr nicht, denn der Nebel stieg höher, hier am Hang und rund um die Türme. Schon krochen die Dunstränder an dunklem Schiefer empor, schon verschwanden die Füße und Beine der beiden einsamen Gestalten in wallenden Schwaden.

»Jodokus!« schrie Kriemhild über das Tal hinweg, und vielleicht hörte er sie ja, denn er drehte den Kopf und blickte herüber, und ganz kurz schien es ihr, als hätte sie trotz der Entfernung ein Lächeln auf seinen Zügen gesehen. Ein schwaches, trauriges Lächeln.

Dann schloß sich der Nebel über ihm und der Hexe, und einen Augenblick später waren auch die Fahnen und der Wetterhahn unter der Oberfläche verschwunden.

Hagen stand plötzlich neben Kriemhild und nahm sie in den Arm wie ein Vater die Tochter, sehr vorsichtig, sehr zaghaft. Doch statt Liebe war da Treue, und statt Trost empfand sie nichts als Trauer.

Epilog

Die vier Haupttürme des Wormser Münsters ragten fast zwanzig Mannslängen hinauf in den Himmel, und Kriemhild schien es manchmal, als müßten ihre Spitzen gar die Wolken durchbrechen. Sie stand an einem Fenster im obersten Stockwerk, gleich unterm Dach eines der beiden Osttürme, und blickte hinab in den Hof der Königsburg. Alles dort unten schien ihr sehr fern, sehr unbedeutend.

Der mächtige Dom erhob sich im Zentrum der Burg, und seine höchsten Fenster überschauten nicht nur die riesige Festungsanlage mit ihren Wehrmauern, Fachwerkbauten und rotbraunen Giebeln, sondern auch die ganze Stadt, den Rhein und die weiten Wälder im Osten.

Kriemhild kniff die Augen zusammen und schaute über die Wipfel der Bäume hinweg, dorthin, wo das Land in diesigem Blau mit dem Sommerhimmel verschmolz. Irgendwo dort hinten, weit, weit entfernt, lag Salomes Zopf. Sie fragte sich, wie es jetzt, nach Jodokus' Opfergang, wohl dort aussehen mochte, in jenem fernen Tal unter den Türmen des Hexenhortes.

Schon früher war sie oft hier heraufgestiegen um alleinzusein, doch seit ihrer Rückkehr vor sieben Tagen tat sie es regelmäßig. Morgens, zur Mittagszeit und noch einmal vor Anbruch der Dämmerung. Sie hielt Ausschau nach zwei weißen Adlern.

Unten am Haupttor gerieten einige Stallburschen in Bewegung. Ein Ruf drang von außen in den Hof, ein zackiges Kommando der Burgwache. Jemand kam, ein Reiter.

Nachdenklich beobachtete Kriemhild von ihrem Fenster unter den Wolken, wie Hagen von Tronje auf einem braunen Wallach durch den Torbogen ritt. Instinktiv glitt ihr Blick hinauf zu den Zinnen. Auf einer saßen zwei schwarze Raben und blickten reglos hinab in den Hof.

Hagens langer Umhang flatterte, als er sich vom Pferd schwang und das Tier in die Obhut der Stallknechte gab. Ein halbes Dutzend Knappen eilte herbei, vorneweg ein kleiner Junge, der neu war im Dienste des Königs. Kriemhild erwartete, daß Jorin zu ihr emporblicken würde, doch er tat es nicht. Statt dessen war er der erste an Hagens Seite und nahm würdevoll den Schwertgurt des Kriegers entgegen. Hagen blickte kurz zu ihm hinunter, doch Kriemhild konnte nicht erkennen, ob er Jorin ein Lächeln schenkte. Es war unwahrscheinlich. Hagen lächelte nie.

Eine halbe Tagesreise, bevor die Heimkehrer auf ihrem Weg zurück nach Worms den Rhein erreicht hatten, hatte Hagen sich von ihnen getrennt. Er gab keine Erklärung, sagte nur Lebewohl und sprengte auf einem der drei Pferde davon, die sie nach dem Verlust von Lavendel und Hagens Streitroß einigen Flüchtlingen abgekauft hatten. Der Besitzer war froh gewesen, bei der Rückkehr in sein Heimatdorf einen Beutel klingenden Goldes mitzubringen; ihm und seiner Familie würde es die ersten Wochen nach dem Ende der Seuche erleichtern.

Es kam oft vor, daß Hagen für mehrere Tage spurlos verschwand, mindestens einmal in jedem Mond. Es gab viele Gerüchte darüber, wohin er ging, und die meisten Menschen bei Hofe waren überzeugt, er sei einem Frauenzimmer zugetan, in dessen Arme er sich heimlich zurückzog. Daß die Vorstellung, der düstere, gefühlskalte Hagen unterhalte eine verborgene Liebschaft, so abwegig schien, tat den Gerüchten keinen Abbruch. Ganz im Gegenteil: Nicht wenige bewunderten ihn hinter vorgehaltener Hand für sein Talent der Verstellung.

Auch Kriemhild wußte nicht, wohin der dunkle Recke ging, wußte auch nicht, was es war, das ihn so oft in die Ferne trieb. An ein verstecktes Liebesnest aber konnte sie am allerwenigsten glauben. Mehr als einmal hatte sie den Ausdruck von Verzweiflung und Trauer in seinen Augen gesehen, wenn er heimgekehrt war, ein verzehrendes Leid, das er durch sein finsteres Auftreten vor allen anderen zu verbergen suchte.

Was immer die Ursache seines Verschwindens sein mochte, vielleicht war es gut, daß niemand außer ihm selbst die Wahrheit darüber wußte.

Jetzt beobachtete Kriemhild, wie er mit wogendem Federkragen im Portal des Hauptgebäudes verschwand. Erst dann blickte sie wieder zum Himmel empor. Keine Spur von den weißen Adlern, nur die beiden Raben hockten starr wie Wasserspeier über dem Tor.

Kriemhild dachte an Etzel, und an ihren Streit mit Hagen über das Schicksal des Prinzen. Hagen hatte ihn mit nach Worms nehmen wollen, nur deshalb hatte er ihn aus Berenikes Burg gerettet, doch

Kriemhild war dagegen gewesen. Als alle Versuche, ihn zu überzeugen, fehlgeschlagen waren, hatte sie sich auf ihre Stellung als Schwester des Königs berufen: Laut und vielleicht eine Spur zu barsch hatte sie Hagen den Befehl gegeben, Etzel laufen zu lassen. Schweigend hatte der Krieger gehorcht.

So war Etzel nach Osten gezogen, gerüstet und bewaffnet wie ein Königssohn und doch auf Schusters Rappen wie ein einfacher Wanderer. Ihr Abschied war förmlich gewesen und ohne große Wärme, ganz so, wie es den Kindern verfeindeter Herrschersippen anstand.

Während die Raben sich von den Zinnen erhoben und langsam hinüber zum Dach des Thronsaals schwebten, setzte sich Kriemhild rittlings auf den Fenstersims und ließ ein Bein an der Außenseite baumeln. Der Gedanke an Etzel wurde von ihren Gefühlen für Jodokus überlagert. Es tat immer noch weh, an ihn zu denken, viel mehr, als sie sich eingestehen wollte.

Unten im Hof zeigte jemand mit ausgestrecktem Arm zu ihr herauf, und ein sorgenvolles Raunen ging durch das Gewimmel der Bediensteten. Nahmen sie wirklich an, ihre Prinzessin könnte in den Tod stürzen? Kriemhild lachte leise und verscheuchte sie mit einer herrischen Geste. Dabei fiel ihr Blick auf einen Trupp von Jägern, der mit reicher Beute zum Tor hereinritt. Die Gehilfen trugen erlegtes Rotwild und ganze Bündel toter Hasen und Kaninchen. Ein Falkner ritt an der Spitze, sein Vogel kauerte reglos auf seiner Schulter.

Behende sprang Kriemhild zurück in die Turmkammer und rannte mit wehendem Kleid die Wendeltreppe hinab. Sie würde den Falkner bitten, sie seine Kunst zu lehren.

Und plötzlich lief sie schneller, nahm immer zwei, drei Stufen auf einmal.

Ein guter Tag, dachte sie beschwingt und vergaß noch im selben Augenblick, wofür.

ENDE

Die Nibelungen

Die große Saga »Die Nibelungen« ist keine Nacherzählung des weltberühmten Nibelungenliedes. Jeder Roman erzählt eine neue, aufregende Geschichte um einen Helden des Epos. Gleichwohl lassen sich die Romane in die Chronologie des Liedes einordnen.

Chronologie

- **Die Flammenfrau**
- **Der Rabengott**
- Hagen kommt nach Worms und beginnt seinen Aufstieg zum Berater.
- **Das Runenschwert**
- Siegfried tötet Nibelung und Schilbung. Er stiehlt Alberich die Tarnkappe.
- Siegfried erschlägt den Drachen.
- **Das Drachenlied**
- König Dankrat von Burgund stirbt. Gunther besteigt den Thron.
- **Die Hexenkönigin**
- **Das Nachtvolk**
- Siegfried kommt nach Worms.
- Die Helden reisen nach Island und kämpfen um Brunhilds Hand.
- Siegfried heiratet Kriemhild, Gunther vermählt sich mit Brunhild.
- Hagen tötet Siegfried und versenkt den Nibelungenhort im Rhein.
- Kriemhild heiratet den Hunnenkönig Etzel.
- Die Burgunden folgen Kriemhilds Einladung zur Hunnenburg.
- Kriemhild läßt die Burgunden von den Hunnen ermorden.

DIE NIBELUNGEN

Alexander Nix
Das Drachenlied
Roman, 256 Seiten
TB 27411-2
Originalausgabe

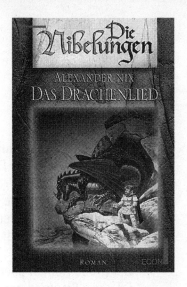

Amüsant und mystisch zugleich: die faszinierende Geschichte, wie Alberich, der Zwerg, die Tarnkappe zu den Nibelungen brachte. Mit Witz und Heldenmut – und höchst seltsamen Gefährten – beschließt der Zwerg, sich dem gefährlichsten Drachen am Rhein zu stellen.
Alexander Nix ist das Pseudonym eines bekannten deutschen Autors.

ECON TASCHENBÜCHER

ECON

DIE NIBELUNGEN

Jana Held
Die Flammenfrau
Roman, 288 Seiten
TB 27412-0
Originalausgabe

Im fernen Island, im Vulkanschloß ihrer Mutter, kommt die legendäre Brunhilde zur Welt. Eine Prophezeiung besagt, daß sie eine »Flammenfrau« werden wird, eine Magierin, die niemand erobern kann.
Der große Roman über die Frau, die Siegfried den Untergang brachte.

ECON TASCHENBÜCHER   ECON

DIE NIBELUNGEN

Bernhard Hennen
Das Nachtvolk
Roman, 272 Seiten
TB 27413-9
Originalausgabe

Unruhe am Hof zu Worms: Der Spielmann Volker von Alzey muß fliehen, weil er angeblich einer schönen Fürstin zu nahe gekommen ist. Volker gelangt ausgerechnet in die abgelegenen Sümpfe, wo ein seltsames Volk darauf wartet, daß sich die Zeiten ändern und sie mit magischen Waffen in einen neuen Krieg ziehen können.

ECON TASCHENBÜCHER   ECON

DIE NIBELUNGEN

Franjo Terhart
Der Runenkrieg
Roman, 256 Seiten
TB 27414-7
Originalausgabe

Siegfried ist ein wilder, verwegener Junge, als er allein zu einem legendären Runenmeister zieht. Der Alte soll ihm beibringen, wie er ein Schwert schmiedet, das ihn unbesiegbar macht. Das erste große Abenteuer Siegfrieds im Land der Nibelungen, voller Witz und Spannung erzählt.

ECON TASCHENBÜCHER   ECON

DIE NIBELUNGEN

Martin Eisele
Der Feuerstern
Roman, 256 Seiten
TB 27415-5
Originalausgabe

In einer Gewitternacht sieht der junge Gunther einen unheimlichen Feuerstern vom Himmel fallen. Er schleicht seiner Schwester Kriemhild davon, um den seltsamen Stern zu finden, doch je näher er ihm kommt, desto heftiger wird er von Ängsten und Alpträumen geplagt. Ein großer Nibelungen-Roman von Martin Eisele, der zusammen mit Roland Emmerich den Film »Joey« erfand.

ECON TASCHENBÜCHER

ECON